林夕 著

林夕精选集

你必有一样是出色的

人民日报出版社

目 录
CONTENTS

第一辑 人生不需要太多行李

人生如下棋…………… 3
母亲的存折…………… 5
自己的光……………… 8
人生的钥匙…………… 10
因为，你的父亲在家等你… 13
句号总是别人来画……… 15
躺在雪地上的人………… 17
慷慨的吝啬……………… 19
没有什么不可以改变…… 21
购买泥土………………… 23
你必有一样是出色的…… 25
人生不需要太多行李…… 28
寂寞的耳朵……………… 31
借钱的利息……………… 33
两元钱改变命运………… 36
州长的贞洁……………… 39
这件事与你我有关……… 42

只需一瓢水 …………… 46
给欲望设定底线 …………… 48
恨是一件容易的事 ………… 50
5美元胜诉 …………… 53
没有野心 …………… 55
哈利·波特与你无关 ……… 57
宽恕别人就是爱自己 ……… 60
女博士的选择 …………… 63

第二辑 带着微笑上路

省略阳光 …………… 69
承受极限 …………… 71
人生有五枚金币 …………… 73
假如死亡来临 …………… 75
幸福的温度 …………… 77
和自己比较 …………… 80
母亲的抽屉 …………… 84
乔迁之忧 …………… 85
大声地生活 …………… 88
分苹果的故事 …………… 91
作家的尴尬 …………… 93
名声是一件太重的行李 …… 96
细节决定成败 …………… 98
剃刀边上的血 …………… 100
为自己写墓碑 …………… 102

带着微笑上路 ………… *105*

那一年,他丢失了指南针

………………………… *108*

细节考验 ……………… *111*

购买时光 ……………… *113*

从身边最近的地方寻找快乐

………………………… *115*

向着灯光走 …………… *117*

幸福的门槛 …………… *120*

爱我就请搭火车 ……… *122*

八位水手的遗产 ……… *126*

离山最近的地方 ……… *128*

外地人 ………………… *132*

单程车票 ……………… *134*

第三辑　不要卖掉自己的田

成功者的家 …………… *139*

一枚硬币 ……………… *141*

穷人的竹叶 …………… *144*

老鹰和蜗牛 …………… *147*

总统的墓志铭 ………… *149*

拯救自己 ……………… *151*

不要卖掉自己的田 …… *154*

生命的背篓 …………… *157*

画家与恐龙 …………… *160*

斯隆先生爱好什么 ……… 162
你会拉锯吗 ………… 164
经营梦想 …………… 166
傻瓜天才 …………… 168
从后边开始 ………… 170
爱,不能承受之轻 …… 172
与音乐恋爱 ………… 174
找回颤动的感觉 …… 177
在炕上吃饭 ………… 180
充满父爱的天气预报 … 183
细节人生 …………… 186
只是一团污迹 ……… 188
夺命的腿 …………… 191
生命的钥匙 ………… 193
等待心脏 …………… 195
冷水朋友 …………… 197
有所谓 ……………… 199
原版人生 …………… 201
父亲的账本 ………… 203

第四辑　明天谁来埋单

另一扇门 …………… 209
明天谁来埋单 ……… 211
合作先讲实惠 ……… 214
迟到的公正 ………… 216

一封信改变的命运 ········ *219*
不要等到把坑填平 ········ *221*
给自己一个出口 ·········· *224*
盲人的股票 ············· *226*
感谢折磨你的人 ··········· *228*
我喜欢你的选择 ··········· *232*
林尚沃借钱 ············· *234*
一步到位的开店方式 ······ *237*
租赁人生 ··············· *239*
百年孤独 ··············· *243*
人生无戏 ··············· *246*
三毛和她的撒哈拉 ········ *249*
大连,再不浪漫就老了······ *254*

第一辑　人生不需要太多行李

人生如下棋

父亲喜欢下象棋。那一年,我大学回家度假,父亲教我下棋。

我们俩摆好棋,父亲让我先走三步。可不到三分钟,三下五除二,我的兵将损失大半,棋盘上光秃秃的,只剩下老帅、士和一车两卒在孤守奋战。我不肯罢休,可是已无回天之力,眼睁睁看着父亲"将军",我输了。

我不服气,摆棋再下。几次交锋,基本上都是下到十分钟就败下阵来。我不禁有些泄气。父亲看看我,说:"你初学棋,输是正常的。但是你要知道输在什么地方。否则你就是再下上十年,也还是输。"

"我知道,输在棋艺上。我技术不如你,没有经验。"

"这只是次要因素,不是最重要的。"

"那最重要的是什么?"我不解地问。

"最重要的是你心态不对。你不珍惜你的棋子。"

"我怎么不珍惜?每走一步,我都想半天。"我不服气地说。

"那是后来。开始你是这样吗?我给你算过,你三分之二的棋子是在前三分之一的时间里失去的。这期间你走棋不假思索,拿起来就走,失了也不觉得可惜。因为你觉得棋子很多,失一两个不算什么。"

我看看父亲，不好意思地低下头。

"后三分之二的时间，你又犯了相反的错误：对棋子过于珍惜，每走一步，都思前想后，患得患失，一个棋子也不想失，结果一个一个都失去了。"

说到这儿，父亲停下来，把棋子重新在棋盘上摆好，抬起头看着我，问："这是一盘待下的棋，我问你：下棋的基本原则是什么？"

我想也没想，脱口而出："赢呗。"

"那是目的。"父亲不满地扫了我一眼，"下棋最基本的原则是得、失。有得必有失，有失才有得。每走一步，你心里都要非常清楚，为了赢得什么，你愿意失去什么。这样才可能赢。可惜，大部分人都像你这样，开始不考虑失，只想到得。等到后来失得多了，又过于谨慎，束手束脚，所以才屡下屡败。其实不仅是下棋，人生也是如此呀。"

我看着父亲，又看看眼前的棋，恍然顿悟：人生不就是一盘待下的棋吗？所不同的是，有的人，棋刚刚摆好，还没开场；有的人，棋已经下了一半，得失参半；有的人，棋已经接近尾声，尘埃落定。

人生如下棋，不管多么精彩的棋，其中总有遗憾。

人生不如下棋，下棋最大的好处是：如果你下错了，你还可以接着下。

母亲的存折

那天,女儿放学回家,突然没头没脑地问了一句:"妈妈,我们家有多少存款?"

不等我作答,她又继续说道:"他们都说咱家至少有50万元。"

我奇怪地看着女儿:"你说的'他们'是谁呀?"

"我班同学。他们都说你一本书能赚十几万元稿费,你出了那么多书,所以咱们家应该有50万元吧。"

我摇摇头,说:"没有。"

女儿脸上忍不住地失望,她两眼盯着我,有些不相信似的问:"为什么?"

"因为——"我抬手一指房子,屋里的家具、电器,还有她手里正在摆弄的快译通,道,"这些不都是钱吗?钱是流通品,哪有像你们这样只算收入、不算支出的!"

女儿眨眨眼睛,仍不死心,固执地道:"如果把房子、家具、存款都算上,够50万元吧?"

我点点头。女儿脸上立即绽开笑容,拍手称快道:"这么说,我是我们班第三有钱的人了!"

我这才明白她为什么问这个,一定是同学之间攀比,搞什么财富排行榜了。

我立刻纠正她:"不对,这些是妈妈的钱,不是你的。"

"可我是你的女儿呀!将来,将来——"女儿瞅瞅我,不往下说了。

我接过话,替她说道:"等将来我不在了,这些钱就是你的,对不对?"

女儿脸涨得通红,转过身,掩饰说:"我不是这个意思,都是我们同学,一天没事瞎琢磨,无聊!不说这个了,我要写作业了。"

说完,女儿急忙回自己房间去了。望着她的背影,我若有所思。

没错,作为我的法定继承人,我现在所有的财产,在未来的某一天,势必将属于女儿,这是不争的事实。只不过国人目前还不习惯、也不好意思和自己的继承人公开谈论遗产这样十分敏感的事,而同样的问题在西方许多家庭,就比我们开明得多,有时在餐桌上就公开谈论。我想这主要是因为以前中国一直实行公有经济,一切财产都是国家的,我的父母工作了一生,一直都是无产者,直到退休前才因房改买下自己居住的房子,终于有了自己名下的财产。但是,和我们这些在市场经济环境下生活的子女相比,他们那点有限的"资产"实在少得可怜。也因此,我从未期望父母给我留下什么,相反,我倒很想在金钱方面给予父母一些,我知道,他们几乎没有存款。但是固执的父母总是拒绝,没办法,我只好先用我的名存在银行,我想他们以后总会用上的。

那年春节,我回家过年,哥哥、妹妹也都回去了,举家团圆,最高兴的自然是母亲。没想到,因为兴奋,加上连日来操劳,睡眠不好,母亲起夜时突然晕倒了!幸亏发现及时,送去医院,最后总算安然无恙,但精神大不如前。时常神情恍惚,丢三忘四。所以,尽管假期已过,我却不放心走。母亲虽然舍不得我走,但是一向要强的她不愿意我因为她的缘故耽误工作,她强打精神,装出一副精力充沛的样子,说自己完全好了,催促我早点走。我拧不过母亲,只好去订票。

行前,母亲把我叫到床前,我一眼就看见她枕头旁放着一个首饰盒,有半块砖头大小,用一块红缎绸布包着,不禁一愣。小时候有一次趁父母不在我乱翻东西,曾见过这个首饰盒,正想打开却被下班回家的母亲看到,严厉地训斥了一顿,从此再没见过。不知道母亲把它藏到哪去了。我猜里面一定装着母亲最心爱的宝贝。会是什么呢?肯定不会是钱或存折。母亲的钱总是装在工资袋放在抽屉里,一到月底就没了,很少有剩余。最有可能的是首饰,因为祖父以前在天津做盐道生意,家里曾相当有财势,虽然后来败落了,但留下个金戒指、玉手镯什么的,应不足为怪。

我正猜测不解,母亲已经解开外面的红缎绸布,露出里面暗红丝面的首饰盒。她一摁上面的按钮,"叭"的一声,首饰盒开了!母亲从里面拿出一个小绸布包,深深地看了一会儿,像是看什么宝物,然后,慢慢抬起头,看着我,缓缓道:"这里面装着你出生时的胎发,5岁时掉的乳牙,还有一张百日照,照片背面记着你的出生时辰。我一直替你留着,现在,我年纪大了,你拿去自己保留吧。"

我接过来,小心翼翼地打开。于是,我看到了自己35年前出生时的胎发,30年前掉下的乳牙,和来到世界100天时拍的照片。照片已经有些发黄了,背面的字迹也已模糊,但依然能辨认出来。一瞬间,我泪眼模糊。我意识到:这就是母亲的存折,里面装着母亲的全部财产,没有一样贵重的东西,但是对我,每一样都宝贵无比。

带着母亲的存折,我踏上归程。一路上,感慨万千。我知道,和母亲相比,我是富有的,母亲这一生永远不可能有50万元存款了!对她来说,那是一个天文数字,她想都不曾想过。和我相比,女儿是富有的,她一出生就拥有的东西,是我拼搏多年才得到的。但是,女儿却永远也不可能像我一样,拥有自己的胎发、乳牙了。这些记载她生命的收据,让一路奔波的我遗失在逝去的岁月里,再也找不回来了!

自己的光

一位著名作家来我们滨城签名售书,并到大学做演讲,朋友约我一起去听。我们到的时候,离演讲还有 20 分钟,礼堂外面早已聚满了人,学生们手里拿着这位作家的书,排队往里进。还有一些学生站在外面,急恐恐的,看样子是没有票。我和朋友正往里走,一位女生突然拉拉我的衣袖,一脸真诚:"老师,我是他的忠实读者,您能不能把我带进去?"

我摇摇头,看她失望的样子,心里有些不是滋味。等进去一看,心里更有些不是滋味了。能容纳千人的礼堂座无虚席,黑压压一片,后面和两边的过道上也站满了人。墙上悬挂着巨幅标语。我忍不住感慨:同样是写文章,看人家多风光,什么时候自己能像他那样就好了!

我们绕到主席台最后边的通道,想找一个好位置,等作家进来的时候好拍照。我们顺着通道往前走,一低头,发现通道旁一个侧门,里面是一个过道,黑乎乎的,不知通向哪儿。我看看表,离演讲还有一点时间,就推门进去,看看这里通向哪儿。走了一会儿,发现前面有一个身影,我吓了一跳,借着过道里幽暗的灯光一看,我愣了:这不就是今天晚上来演讲的那个大名鼎鼎的作家吗?他怎么在这里?

他大概看出我的疑惑，主动地和我打招呼，解释说："我每天写作之前，习惯在黑暗中待一会儿，静静地思考，写作的时候，也喜欢让灯光暗一些，久而久之，我已经不习惯于礼堂里那样明亮的灯光了！"

　　他低沉平和的声音，穿过有些黑暗的过道，传进我的耳朵，我怕打扰他，悄悄地退出去。

　　当这位著名作家走上主席台时，全场传来雷鸣般的掌声，场内近千名学生激动得一下子站起来，一千多双眼睛一起射向主席台，翘望他的光芒！

　　我静静地站在一角，想着刚才在过道里的那一幕，许多时候，我们喜欢翘望别人的光芒，却不曾想过：他今天的光芒，是因为昨天曾孤独地待在黑暗里。佛陀说：每个人都应该成为自己的光，与其羡慕别人的光芒，不如待在黑暗中，一点一滴，聚集自己的光。

你必有一样是出色的

人生的钥匙

这是父亲讲给我的故事。

有一位父亲,在他很小的时候父母就去世了,他成了一名孤儿,孤苦伶仃,一无所有,流浪街头,受尽人间的磨难。最后,终于创下了一份不菲的家业,而他自己也已到了人生暮年,该考虑辞世后的安排了。

他膝下有两子,都风华正茂,一样的聪明,一样的踏实能干。几乎所有的人,包括他自己,都认为应该把财产一分为二,平分给两个儿子。但在最后一刻,他改变了主意。

他把两个儿子叫到床前,从枕头底下拿出一把钥匙,抬起头看着他们,缓慢而清楚地说:"我一生所赚得的财富,都锁在这把钥匙能打开的箱子里。可是现在,我只能把这把钥匙传给你们兄弟中的一人。"

兄弟俩惊讶地看着父亲,几乎异口同声地问:"为什么?这太残忍了!"

"是,这是有些残忍。"父亲停顿了一下,加重语气道,"但也是一种善良。现在,你们自己选择吧。选择这把钥匙的人,必须承担起家庭的责任,按照我的意愿和方式,去经营和管理这些财富。拒绝这把钥匙的人,不必承担任何责任,生命完全属于你自己,你可以按照自己的意愿和方式,去赚取我箱子以外的财富。"

兄弟俩听完,内心开始斗争。接过这把钥匙,可以保证一生没有苦难,没有风险,但也因此而被束缚,失去自由。拒绝它?毕竟箱子里的财富是有限的,外面的世界更精彩,但是那样的人生充满不测,前途未卜,万一……

父亲早已猜出兄弟俩的心思,他微微一笑,说:"不错,每种选择都不完美。有快乐,也有痛苦,但这就是人生。你不可能把快乐集中,把痛苦消散。最重要的是你要了解自己,你想要什么?要过程,还是结局?"

兄弟俩豁然开朗。哥哥说:我要这把钥匙。弟弟说:我要出去闯荡。二人权衡利弊,最终各取所需。这样的结局,与父亲先前的预料不谋而合。

如今,20年过去了。兄弟俩经历、境遇迥然不同。哥哥生活舒适安逸,把家业管理得井井有条,性格也变得越来越温和儒雅,特别是到了人生暮年,与去世的父亲越来越像,只是少了些锐利和坚忍。弟弟生活艰辛动荡,几经起伏受尽磨难,性格也变得刚毅果断。与20年前相比,相差很大,几乎没多大关系了。最苦最难的时候,也曾后悔过,怨恨过,但是已经选择了,没有退路,只能一往无前、坚定不移地往前走。经历了人生的起伏跌宕,最终创下了一份属于自己的事业。这个时候,他才真正理解了父亲,并深深地感谢父亲。

第一次听到这个故事,我只有18岁。那时我刚考上省城大学,即将离家远行。父亲给我讲了这个故事。那时的我还不能理解父亲的良苦用心。现在,又一个18年过去了。几多风雨,几经坎坷,我终于真正理解了这故事的寓意。

人生充满了选择。每一种选择都携带着快乐和痛苦。快乐是一种营养,痛苦是比快乐更丰盛的营养,它们共同滋补人生,让生命迸发出无限活力和蓬勃生机。回忆过去,我深深地感谢父亲,感谢他给了我生命,和生命中最珍贵的礼物——自由,让我拥有自己人生的钥匙。

因为,你的父亲在家等你

星期三下午,老师照例要集中开会,学生们上了两节课就放学了。

他和班上的两位同学欢蹦着走出校门,没有回家,而是去了离家不远的森林公园,一直玩到天黑,仍觉意犹未尽。

"嘿,想不想吸烟?"回去的路上,他突发奇想。

"好哇。"两位好友齐声赞同。

三个人停下来,把衣兜里的钱都掏出来,凑了6元钱。他们跑到路边的售货亭,视线在各种牌子的香烟中一一掠过,最后选了阿诗玛。他也说不清,是因为它售价正好是6元钱,还是因为烟盒上面的那个靓女。

买完烟,他们跑到路边拐角处,把烟盒撕开,每人拿一支,叼到嘴上。这才发现,刚才忘了买火。

他冲两位伙伴耸耸肩,把视线投向路边,张望着。

正是日暮时分,路上不时有行人匆匆走过。他视线在人群中一扫,只见远处有一个小亮点,在夜幕中闪着微弱的光,正向这边慢慢移动。他心中一喜,仿佛已经嗅到了那诱人的香烟味。

好不容易等到那个小亮点走近。他上前去,打招呼说:"哥们儿,借个火!"

那个人停下来,把手中的烟递给他,他接过来,两支烟对着,吸了一口,把自己的烟点着,把借来的烟还给那位行人。这时,他才看清他的脸。

刹那间,他惊住了。拿烟的手停在半空中。

借烟人缓缓地伸出手,接过自己的烟,默默地盯着他看了一会儿,又把视线转向旁边的两位同伴。然后,举起手,拍了一下他的肩膀,郑重其事地说:"哥们儿,吸完这支烟,就回家去吧!"

他默然。旁边的两位伙伴问道:"为什么?"

"因为——"借烟人看着他,一字一句地说,"也许你的父亲在家等你!"说罢,转身走了。

他目送着他消失在夜色中的背影,身体仍直愣愣地立在那里。两位伙伴用胳膊碰了一下他的手肘:"哎,你怎么了?"

他转过身,看了一眼两位同伴,把手中的烟扔到地上,用脚狠狠踩灭。

"把烟捻灭,回家去!"他语气十分坚决。

两位伙伴看看他,不约而同地问:"为什么?"

"因为,我的父亲在家等我。"

"你怎么知道?"

他看着两位伙伴,低下头来,声音有些哽咽:"刚才那个借火给我们的人,他,就是我父亲。"

句号总是别人来画

我已经两天没有看见表妹了,她在单位连续加了两天班,除了吃饭和上厕所,一直坐在电脑前设计排版。所以见到她的时候,看见她那副模样也就不足为怪。

"你们领导是不是把你们也当成电脑了?可以昼夜不断地工作!"我有些气不过。

"也不怪我们领导,是客户,他们三八节发行一种女士专用卡,要印宣传用的小册子。早不着急,现在只剩不到十天了,又急着要!所以只好加班。"

"做完了吗?"

"就算是完了吧!今天送印刷厂了,再不送就来不及了。所以完不完也只能这样了,没时间再改了!"表妹有气无力地说。

"那这样质量能保证吗?为什么不早一点做呢?"

"保不保证反正我们已经尽力了,他们也看到了,从接到手就马不停蹄地做,能做到现在这样就不错了。至于他们为什么不早一点做,谁知道呢?其实早做可能也和现在差不多——不到最后时刻做不完。你不也一样吗——不到截稿日期不交稿。"

表妹简单洗漱完,饭也没吃就一头躺到床上睡觉去了。我关上门,回到自己房间,想着她刚才说的那句话,的确,她说得很对,很多事情都是这样,不到最后时刻做不完。

读书的时候,总是每学期初的时候轻松,快到期末的时候紧张,因为面临考试。每次考试前都感觉准备不够,复习不完,直到进考场时才不得不合上书本。

工作以后,总是每年初开始时轻松,年底快结束时紧张,因为面临考评、发奖。每次考评前都感觉自己做得不够好,有那么多欠缺的地方,直到考评结束,奖金发到手。

还有很多,比如结婚,总是觉得购买不够,准备不足,尽管每次上街都不空手而归,直到举行婚礼。收拾新房,总是觉得收拾不完,装饰不好,直到最后把自己搬进去。好像每件事情都是这样,不到最后时刻总感觉做不完,最后的句号总是由别人来画。

想一想我们的一生,也真是这样。学生的句号,由老师和学校来画;工作的句号,由老板或工作的对象来画;单身的句号,由爱情来画;爱情的句号,由婚姻来画;婚姻的句号,由法官来画;年轻的句号,由延续你生命的孩子来画;至于人生最后的那个句号,就更由不得自己——是由上帝派医生来画。

躺在雪地上的人

周末,陪好友去参加她大伯的银婚贺喜,好友说:你应该好好写写他们,特别是我伯母,她这一生真是太难了!当年我大伯被打成右派,蹲牛棚,被送到黑龙江大森林去劳动改造,别人都劝伯母和他划清界限,可是她却收拾好行李,和他一起去了黑龙江,一去就是十年。可怜她从小生长在南方,在零下30多摄氏度的北方伐木,手、脚都冻伤了!

我见到的这位令人尊敬的老伯母,她眼睛里透着慈祥的目光,脸上带着和善的微笑,看不出过去岁月中的苦难和悲伤留下的痕迹。难道她就从来没怨过吗?我忍不住想。晚上,客人们都走了,和她告别的时候,我忍不住问:"最难最苦的时候,您就从来没怨过、没有过片刻的动摇吗?"

老人看着我,点点头,说:"最难最苦的时候,我也怨过,悔过,动摇过。那次,我的手脚都被冻伤了,撕裂般的痛,可是想到第二天还要起来去伐木,我真有些绝望了:这样的日子什么时候能到头呀?我狠狠心拿定主意,明天不去了,收拾行李回家。那天晚上,我去和我们的邻居、一位与我们同来的老友告别。

"那天,不知是他看出我的意图,还是无意,总之,他说了许多安慰和鼓励我的话,然后,他就讲了那个故事,那个改变我决定的故事。

"有一天,一个年轻人和他的旅伴穿越高高的喜马拉雅山脉,天气非常寒冷,路上都是厚厚的积雪。他们艰难地行进着。他们来到一个山口,看到前面不远处有一团黑乎乎的东西,走过去一看,是一个人。他躺在雪地上,身上都冻僵了,鼻孔还有一丝微弱的呼吸。这个年轻人想停下来帮助这个人,但是,他的同伴却拦住他说:'如果我们带上他这个累赘,我们就不能走出山脉,就会丢掉自己的性命。'

"这个年轻人看着躺在雪地上的人,不忍心丢下他,如果丢下他,他肯定会死在冰天雪地之中。他犹豫了片刻,最后还是决定帮助他。他的同伴看他决意已定,就和他告别,他们相互祝福,然后同伴走了。年轻人把那个躺在雪地上的人抱了起来,放在自己的背上。他使尽力气背着这个人往前走。渐渐地,他的体温使这个冻僵的身躯温暖起来,那人活过来了!而他自己也不再感到寒冷,他的身上开始冒出热汗,他感到越来越温暖。过了不久,他们两个人就开始并肩前进。他们一直向前走,相互鼓励,相互取暖,当他们赶上那个旅伴时,却发现他躺在雪地上——已经死了,是冻死的!

"他的故事讲完了,我还久久沉浸在故事里。回去的路上,我踏着厚厚的积雪,发出吱吱的响声,我的眼前浮现出他——我的爱人的影子,就在那一刻,我改变了决定,我决定不走了,留下来陪他。我回到我们的小木屋,第二天,我和他一起起来,一起踏过那些厚厚的积雪,去大森林里伐木。我们就这么一起熬过了寒冷的十年!"

老人温和地笑着,仿佛是在怀念也是在感谢那个躺在雪地上的人。

生活中常常是这样:当你好心救别人的时候,其实无意中也救了自己。

慷慨的吝啬

我一直以为自己是一个慷慨的人,因为我很喜欢送东西给别人。

买了新衣服,穿过几次或者根本没穿,不喜欢了就送给叔伯家的表妹。圣诞节、生日聚会收到许多玩具、饰品,挑出自己最喜欢的,剩下的随手送人。我周围的亲戚、朋友几乎都接收过我的小礼物,他们一定喜欢并感谢我,我以为。

但是,父亲却不这样认为。在他看来,这表面上看是慷慨,其实是吝啬。他一再告诫我:不要随随便便送东西给别人,特别是自己用过的不喜欢的东西。

对此,我并不以为然。

有一天,父亲带我去拜访他的上司,过去他们曾是朋友。

因为过去是朋友,他对我们非常热情,又因为现在是上司,这热情中又多了几分矜持。父亲大概感觉出来了,和他聊了一会儿,就起身告辞。他客气地挽留我们,见我们执意要走,就转身对老伴说:把家里的苹果给他们带点。父亲客气地谢绝,但是他们执意要给。

夫妇俩进了储藏室,我和父亲站在门口等了半天,他们拿了一箱苹果出来。

回到家,我和父亲把苹果拿进屋里,打开一看,里面是一些皱皱巴巴、比鹅蛋大一圈的小苹果。我忍不住大叫："什么破玩意儿？还没有咱家的好！扔了都没人要！"

父亲指指地上的苹果，说："这些苹果至少告诉我们两个信息：第一，这是别人送的，如果是自己买的就不会放这么久；第二，这是他们吃不了挑剩的，扔了又觉得可惜，就顺便送给我们，想让我们感谢他们，结果正相反。"

我看也不看那些苹果，用鼻子哼了一声："哼，什么破玩意儿？"

父亲看着我，说："你刚才说的什么？你再重复一遍！"

"我说：什么破玩意儿？"我看着父亲，一时没明白他的意思。

"对，什么破玩意儿！你要永远记住这句话。当你把自己不喜欢、不需要的东西送给别人时，你得到的就是这句话！"

我的脸"唰"的一下红了。我想起以前送给别人的那些穿过的衣服，挑剩的玩具、饰物，当他们回到家打开时，他们也一定说过相同的话。

父亲看着我，说："记住，不要把别人当傻瓜。他会和你一样，知道这东西的价值。要么不送，要送，就把自己认为最好、最喜欢、最舍不得的东西送给别人。"

直到现在，我还清晰地记得父亲当年说的这句话，它让我终身受益。现在，我再也不随便送东西给别人了。

没有什么不可以改变

整理旧物,偶尔翻出几本过去的日记,就翻开看,里面的纸张有些发黄了,字迹透着年少时的稚嫩,我随手拿起一本翻看。

"今天,老师公布了期末考试成绩,我万万没有想到,我竟然考了第五名,这是我入学以来第一次没有考第一,我难过地哭了,晚饭也没有吃,我要惩罚自己,永远记住这一天,这是我一生中最大的失败和痛苦。"

看到这里,我自己忍不住笑了。我已经记不得当时的情景了。也难怪,自离开学校这十几年里所经历的失败痛苦,哪一个没有比当年没有考第一更重要呢?

翻开这一页,再继续往下看。

"今天,我非常难过,我不知道妈妈为什么那样做?她究竟是不是我亲妈妈?我真想离开她,离开这个家。过几天就要填报高考志愿了,我要全部报考外省的大学,离家远远的,我走了以后再也不回这个家。"

看到这里,我不仅有些惊讶,努力回忆当年,妈妈做了什么事让我这样伤心难过,但是怎么也想不起来。又翻了几页,都是些看来根本不算什么事可是当时却感到"非常难过","非常痛苦",或者"非常快乐"的事。看了不禁觉得有些好笑,我放下又拿起另一本,翻开,只见扉页上写道:献给我最爱的人——你的爱,将伴我一生!我的爱,永远不会改变。

看了这一句,我的眼前模模糊糊地浮现出那个同桌的他。曾经以为他就是我全部的生命,可是离开校门以后,我们就再也没有见面,我不知道他现在在哪里,在做什么。我只知道他的爱没有伴我一生,我的爱,也早已经改变。经历了许多的人,许多的事,到现在才明白:这个世界上,没有什么不可以改变。

曾经以为武侠小说很低俗,不屑去看,到现在才知道,武侠自有武侠的好,我的枕边每天都放着金庸和古龙。

曾经以为只要好好爱一个人,就不会分手,现在才知道,你对他好,他也一样会爱上别人。

曾经以为自己不会再爱上第二个人了,可是现在,我经历着一生中第二次爱情,和第一次一样甜美,一样折磨人,一样沉迷,一样刻骨。

曾经以为自己这一生不会去等别人永远是别人等我,可是现在,我每天都在等他的电话,而且心甘情愿,尽管那种滋味不好受。

所以你看,世界上没有什么不可以改变,美好的、快乐的事情会改变,痛苦的、烦恼的事情也会改变,曾经以为不可以改变的事情,许多年后,你就会发现,其实很多事情都改变了。而改变最多的,竟然是我们自己。

购买泥土

三个年轻人一同结伴外出,寻求发财机会。他们来到了以盛产苹果著称的辽南地区。在一个偏僻的山镇,他们发现了一种又红又大、味道香甜的苹果。由于地处山区,信息、交通都不发达,这种优质苹果仅在当地销售,售价非常便宜。

第一个年轻人望着这些苹果,双目发亮。他立刻倾其所有,购买了10吨最好的苹果,运回家乡,以比原价高两倍的价格出售。然后又返回。购买,销售。这样往返数次,他成了家乡第一位万元户。

第二个年轻人望着这些苹果,沉思片刻。他用了一半的钱,购买了100棵最好的苹果苗,运回家乡,承包了一片山坡,把果苗栽种上。整整三年的时间,他精心看护果树,浇水灌溉,没有一分钱的收入。

第三个年轻人望着这些苹果,凝眸深思。一连几天,他什么也不买,只是围着果园东走走,西看看。最后,他找到果园的主人。主人问他:"你看好哪片苹果?想出多少钱?"

他笑着摇摇头,用手指指果树下面,说:"我想买些泥土。"

主人一愣,接着摇摇头说:"不,泥土不能卖。卖了还怎么长果?"

他弯腰在地上捧起满满一把泥土,恳求说:"我只要这一把。请你卖给我吧?要多少钱都行!"

主人看着他，笑了："好吧，你给一块钱拿走吧。"

他带着这把泥土，返回家乡，把泥土送到农业科技研究所，化验分析出泥土的各种成分、湿度等。然后，他承包了一片荒山坡，用了整整三年的时间，开垦、培育出与那把泥土一样的土壤。然后，他在上面栽种上苹果树苗。

现在，10年过去了。这三位一同结伴外出寻求发财的年轻人命运迥然不同。第一位购买苹果的年轻人现在每年依然还要去购买苹果，运回来销售，但是因为当地信息和交通已经发达，竞争者太多，所以每年赚的钱很少，有时甚至不赚钱或者赔钱。第二位购买树苗的年轻人早已拥有自己的果园，但是因为土壤的不同，长出来的苹果较之有些逊色，但是仍然可以赚到相当的利润。第三位购买泥土的年轻人，也是最后拥有并收获苹果的人，他种植的苹果果大味美，和原来的苹果相比不差上下，每年秋天引来无数竞购者，总能卖到最好的价格。

其实，这样的结果也很公平，在单位时间内，最先赚到钱的人赚钱也最多，但是把时间单位放大，排序正好相反。

你必有一样是出色的

我的一位商界朋友,几年前移居去了美国。大凡去美国的人,都想早一点拿到绿卡。他也不例外。到美国后三个月,就去移民局申请绿卡。一位比他早到美国的朋友好心提醒他:你要有耐心等。我申请都快一年了,还没有批下来。你做好精神准备,可能一年,也可能几年。

他笑笑,说:"不需要那么久,三个月就可以了。"

朋友用疑惑的目光看着他,以为他在开玩笑。但是三个月后,他的申请果然获准移民局的批准。这位朋友知道后,十分不解。很想去移民局问个明白,但又害怕得罪移民官。于是,就去找他,问他为什么这么快拿到绿卡。

他微微一笑,说:"因为钱。"

"你来美国带了多少钱?"

"10万美元。"

"可是我带了100万美元,是你的10倍,为什么不给我批反而给你批呢?"

"我带的10万美元,在我到美国的三个月内,一部分用于消费,一部分用于投资,一直在使用和流动。这在我交给移民局的税单上已经显示出来了。而你带的100万美元,一直放在银行里,没有变化。所以,尽管你带的钱比我多,但是没有使用,对美国没有发生作用,所以他们不批准你的申请。"

听了他的解释,那位朋友哑口无言。

美国是一个十分注重效率和功利的国家,全世界不管什么人,都可以申请来美国,不分年龄、性别、种族和信仰,在这方面,美国是极其开放的。但是这种开放是有条件的,那就是——你要有用处,你要对美国社会经济发展有益,美国才会接纳你。所以要想拿到绿卡,只有两种人可以。一种是有钱人,来美国投资或消费;还有一种,就是有技术专长的人。

前不久,这位朋友回国探亲,给我讲了一个他在美国移民局亲眼目睹的事,使我们可以更深刻地理解美国。

他在美国移民局申请绿卡的时候,曾经遇到过一位中年妇女,从她被晒成古铜色的皮肤可以断定是一位户外工作者。出于好奇,上前和她搭话,一问才知,她来自中国北方农村,因为女儿在美国来探亲。她只读完小学,汉语都表达不好,可想而知,文化如何。可就是这样一位没受过高等教育、英语只会说"你好""再见"的中国农村妇女,也在申请绿卡。她申报的理由是有"技术专长"。移民官看了她的申报表,问她:你会什么?她回答说:"我会剪纸画。"说着,她从随身带的包里拿出一把剪刀,一张彩色亮纸,她握住剪刀,轻巧地在纸上飞舞,不到三分钟,就剪出一群栩栩如生的各种动物图案。

美国移民官瞪大眼睛,像看变戏法似的看着这些美丽的剪纸画,竖起拇指,连声赞叹。这时,她从包里拿出一张报纸,说:"这是《中国农民报》刊登的我的剪纸画。"

美国移民官一边看,一边连连点头,说:"OK。"

她就这么OK了。旁边和她一起申请而被拒绝的人又羡慕、又忌妒。

　　这就是美国精神。你可以不会管理,可以不会金融,可以不会电脑,甚至,你也可以不会英语,但是,你不能什么都不会!你必须得会一样,你要竭尽全力把它做到极限,胜过所有的人。这样,你就永远OK了!

人生不需要太多行李

　　这是许多年前我读到的一个真实故事,人名和地名也许记不太准了,但仍清晰记得其中一段感人的情节,仍被故事中的主人公深深地感动。

　　大卫是纽约一家报社的记者,因为工作的缘故经常出差外地,满世界地跑新闻。那天,他又要外出采访,像往常一样,他收拾好行李,一共3件,一个大皮箱装了几件衬衣、几条领带和一套晚礼服。一个小皮箱装采访用的照相机、笔记本和资料。还有一个小皮包装些出门必备的剃须刀之类的生活用品。然后他像往常一样和妻子匆匆告别奔向机场。

　　到了机场,工作人员通知,他要搭乘的飞机因故不能起飞,他只好换乘下一班飞机。在机场等了两个多小时,终于乘上飞机。飞机起飞后,他像往常一样开始计划到达目的地后的行程安排,利用短暂的时间做采访前的准备。正当他绞尽脑汁投入工作时,突然飞机剧烈地震荡了一下,接着又是几下震荡。他脑海里第一个反应是:遇到故障了。这时播音器里传来空中小姐的声音,告诉大家系好安全带,飞机只是遇到气流,一会儿就好了。大卫靠在座椅上,出于职业的敏感,他从刚才的震荡中意识到:飞机遇到的麻烦不像空中小姐说得那么简单。果然,飞机又连续几次震荡,而且越来越剧烈。乘客们有些惊慌。播音器又传来空中小姐的声音,告诉大家飞机出现故障,已经和机场取得联系,设法安全返回。现在飞机正在下落,为了安全起见,要求乘客把行李交给乘务员扔掉,以减轻飞机的重量。

大卫把自己的大皮箱从行李架上取下来,交给乘务员,让他扔掉。随后又把随身带的小皮包交出去。飞机还在下落,大卫犹豫片刻,把装有采访设备的小皮箱取下交给乘务员。飞机下落速度减小了,但依然震动得很厉害,机上的乘客骚动起来,婴儿开始哭叫,几个女人也在哭泣。大卫深深地吸口气,尽量使自己保持平静。他想起亲爱的妻子,早晨告别时太匆忙了,只是匆匆吻了她一下,假如他们就此永别,这将是他终生的遗憾。他摸了摸身上的口袋,掏出钢笔和记事本,从本上撕下一张纸,匆匆给妻子写下简短的遗书:"亲爱的,如果我走了,请别太悲伤。我在一个月前买了一份意外保险,放在书架第一层《圣经》的夹页里,我还没来得及告诉你,没想到这么快就会用上。如果我出了意外,你从我身上发现这张纸条,就能找到那张保险单,我想它会帮你付一些账单的。原谅我,不能继续爱你。好好保重,爱你的大卫。"

大卫写完,把纸条叠好放进贴身口袋里,然后便把笔和记事本——他身上剩下的最后两样东西一起扔了出去。他以最大的毅力驱除内心的恐惧,帮助机上工作人员安慰那些因恐惧而恸哭的妇女儿童,帮着乘客穿救生衣,劝慰大家不要害怕,在关键时刻越是冷静危险就越小,生还的可能性就越大。这时播音器里传来机长的声音:他宣布飞机准备迫降,要求乘客做好准备。

最后的时刻终于到了,大卫闭上眼睛,痛苦地在心中和妻子、亲友做最后的告别。在一阵刺耳的尖叫混合着巨大的轰隆声中,在一阵剧烈的撞击中,他失去了知觉。不知过了多久,大卫睁开眼睛,发现周围一片哭喊,发现自己还活着!他一下跳了起来,眼前的一切惨不忍睹,有的倒在地上,有的在流血,在痛苦地呻吟!他挣扎着站起来,加入到救助伤员的队伍中。当他妻子在机场上哭着向他奔来时,他怀中抱着不知是谁家的孩子、贴身口袋里揣着给妻子的遗言,他和妻子紧紧地拥抱在一起!这一次,他深深地、长长地吻着早晨刚刚别离却仿佛别了一世的妻子!

机上的乘客只有三分之一得以生还,而大卫竟然毫发无损,真是奇迹。当然他损失了3件行李,损失了一次采到好新闻的机会,不过他自己倒上了纽约各大报纸的头版。

其实,许多时候人生并不需要太多的行李,只要一样就够了:爱。

寂寞的耳朵

有一次,朋友问爱因斯坦:死亡意味着什么?爱因斯坦回答说:死亡,意味着再也听不到莫扎特的音乐了!

我们都知道,爱因斯坦因创立相对论而获得诺贝尔奖,成为举世闻名的科学家。朋友之所以这样问,是想让他从相对论的角度,谈谈生命与死亡。没想到爱因斯坦却如是说。在这位大师的眼里,相对论已成为过去,而莫扎特却是永恒,只有死亡才能把他们分开!

很难想象,爱因斯坦这样一位思维严谨的科学家,还是一位狂热的音乐发烧友,是莫扎特的超级粉丝。他有一把名贵的小提琴,总是随身携带着。每当夜幕降临,结束了一天的工作,他就拿起心爱的小提琴,演奏一首莫扎特的曲子,让自己陶醉在优美的旋律中,放松紧绷一天的神经,这也是他一天中最幸福的时刻。

爱因斯坦常对朋友说,是音乐给了他灵感,创作出相对论。

因此,与其说相对论是一个物理公式,不如说是一行美妙的音符。这行改变世界、改变人类进程的音符,属于爱因斯坦,也属于莫扎特。

如今,这位科学巨匠早已作别人世,如他所说,再也听不到莫扎特的音乐了!而我们这些活着的人,有幸还可以听。我不知道,现在有多少人还在听莫扎特的音乐,我想,应该不会很多吧。因为大家都很忙,忙着升学、找工作,忙着应酬、谈生意,没有多少闲暇听莫扎特。我们很多人是在咖啡厅里,一边聊天一边听音乐,莫扎特成了背景。偶尔听一场音乐会,还要开着手机,一只耳朵听音乐,一只耳朵听电话……

还有一些人,一生从来没听过莫扎特,让耳朵寂寞着。在他们看来,耳朵只是语言交流的工具,或是流行歌曲的集散地。在他们浮躁与喧哗的内心,听不进任何没有文字、没有歌词的旋律……

莫扎特,这位圣洁的音乐天使,似乎离我们的生活越来越远,但也不尽然。前不久从报上看到,心理医生正在研究推广一种新疗法——音乐疗法,他们给忧郁症患者放莫扎特的乐曲,几个疗程之后,患者病情明显好转。

不仅如此,畜牧业也在大力推广莫扎特,他们给奶牛播放莫扎特的乐曲,以此激发奶牛情绪,增加食欲,从而提高牛奶产量。

现代人整日为生活奔波,没有闲暇时间听莫扎特,只好喝听莫扎特乐曲的奶牛产下的奶,也算是间接分享了莫扎特。如果莫扎特在天有灵,不知该作何感想!

许多人以为,我们的耳朵是用来听人说话的,其实这是倾听的最低境界,耳朵充当语言的工具。比语言更高层次的,是歌曲和音乐,要用心去听,感受其中的韵律和美,这是倾听的第二个境界。倾听的最高境界,是那些经典的古典音乐,这些凝结着大师心血的杰作,已经不是声音的乐曲,而是思想的盛宴!你不能用耳朵,也不仅仅是用心,你要用灵魂去倾听!

用灵魂去倾听,你会得到灵感——灵魂的感动!

可惜,有多少人,一生也不曾有过这样的时刻,让自己的耳朵和灵魂都寂寞着……

借钱的利息

一天中最好的时光是晚上。做完白天该做的事,捧一本好书,倚灯夜读,实乃人生一大乐事。这几日读的是陈之藩的散文。这位旅居海外的自然科学家,只是业余时间写作,但是他的这些文章,即便在当代散文史上,也卓然一家。文字清新雅致,一尘不染,如行云流水,天籁合一。其蕴含的独特的思想价值,更是让人受益匪浅,如同赴了一场心灵盛宴。

在一篇文章中,陈之藩追忆他和胡适先生的一段交往。40多年前,他还是一名穷学生,想去国外求学,却买不起一张横跨太平洋的船票。胡适先生知道了,慷慨解囊,鼎力资助,借给他400元大洋。读到此,不禁想起好友讲过的他与朋友之间借钱的伤心事。

他最好的一位朋友,是初到深圳时认识的,这位朋友给了他许多帮助。两个人关系越来越好,平时花钱不分你我。后来,这位朋友装修房子,一时手头紧,他就慷慨地借给他一万元钱。这以后两人照常来往,彼此都绝口不提钱的事。有一天,他们一起喝酒,朋友半开玩笑半认真地说:我还欠你一万元钱呢! 过几天给你。他听了随口说:先放你那儿吧,反正我现在也不用。朋友又说:那好,你用的时候告诉我。

大约过了一年,他自己也买了房子,也要装修,一时手头紧,就想起借给朋友的一万元钱,可是又不好开口要,为难之中,就和姐姐借。想不到姐姐故意把这件事讲给他的朋友听。第二天,朋友就送来一万元钱和一张冷脸。不管他怎么解释,朋友认定是他让姐姐这么做的。从此,两人形同陌路。

无独有偶,他的另一位好友,有一天突然跑来找他,说和老板吵架一生气辞职了,想自己开个饭店,但是钱不够,想和他借点。他大度地说:"行,没问题,多少?"

"十万元。"

他听了吓一跳:"我的钱都在股市里,手头没那么多。"

朋友不屑一顾地说:"那就抛点呗。你别担心,我付利息给你。"

一句话,让他好一顿伤心。最终,他没借钱给朋友,在他说要付利息的那一刻,他在他心中的位置已经不存在了。既然如此,不借也罢。

他最好的两位朋友,都因为借钱借丢了。正如台湾作家李敖所说:借给朋友钱,顺便也把朋友借走了。日后若能收回钱,就又多了一个朋友。可惜,他收回钱,却未能收回朋友。所以,他得出一个结论:钱是试金石,最能试出友情的分量。可惜现代人的友情,大都是经不住金钱一试的仿真友情。从此,他不言借钱。

也许是受他的影响,我从不借钱给别人,也不向别人借钱。我们之间能长久来往,也许正缘于此。没有金钱参与的友情,简单而轻松。不过,世事难料,凡事不能一概而论,胡适先生就肯借钱给陈之藩,而且,当陈有能力还款时,胡适给他写了一封信:"其实你不应该这样急于还此四百元。我借出的钱,来不盼望收回,因为我知道我借出的钱总是'一本万利',永远有利息在人间的。"

现在,我和陈之藩的读者们,不就在享用这份利息吗?

看来,钱不是该不该借,而是看借给谁,只要有利息在人间,该出手时就出手。

你必有一样是出色的

两元钱改变命运

两个刚出校门不久的年轻人,结伴去海南打工。

像所有怀揣梦想、两手空空的年轻人一样,他们只能住最便宜、条件最差的旅馆。十五六个人挤在一间10平方米的小屋,闷热,狭小,混合着汗味、脚臭,还有墙角发霉的气味,加上蚊虫叮咬,简直无法入睡。但他们只能忍着。第二天一早,就跑出去找工作。

第一份工作是送矿泉水,每送一桶水可以赚8角钱,因为没有交通工具,他们只能步行肩扛。第一天送了3桶,全身大汗淋淋,差一点中暑昏倒在地。两人一商量,这样下去不行,身体吃不消不说,也赚不到钱。于是去旧货市场,花30元钱买了辆旧自行车,挨家挨户送水,最多一天送了50桶。

水站是一星期结算一次工资。好不容易盼到周末,两人兴高采烈去领工资,迎接他们的是一把将军锁。里面的东西都搬空了,水站老板把客户的钱结完拿着跑了,他们的工资泡汤了。而此时两人身上的钱——连硬币都算上,一共是22元3角。

旅店不能住了,虽然每晚只收10元钱,他们也付不起。两人并没气馁,互相鼓励,白天继续奔波找工作,晚上露宿在南大桥下,和一群来自五湖四海的打工仔为伍。起初他们以为这些人都是民工,靠出卖体力赚取血汗钱,住了几天混熟了,才知道其中有不少也和他们一样,受过高等教育。有一位已经来了一年多,换了无数次工作,不是被骗就是没有业绩,而他是湖南某高校本科生。

时间是最消耗意志的。日子一天一天过去,他们还没有找到工作,而本已不多的钱却在一天天减少,尽管已把每天的开销降到最低。到了第7天,两人身上的钱加起来,只有最后4元8角。用8角钱买了一袋方便面,你一口我一口合着吃,吃着吃着就觉喉头有些哽咽,吃不下去了。

"我们——回家吧!我受不了了!"其中一位呜咽着说。

另一位本也有些泄气,但一见同伴这样,心想自己千万不能气馁,于是打起精神劝他道:"别说这种泄气的话。我们不是说好,不混出个人样,决不回去。再坚持一下,说不定明天就能找到工作!"

他苦口婆心,最后也没能说服同伴,只好随他去。他把两人共有的财产——4元钱一分为二,每人一份。同伴拿着这最后两元钱,去了附近的公用电话亭,给家里打电话,让他们寄路费来。那一瞬间,他也有些犹豫,但仅仅是一瞬间,随后毅然转过身,向另一个方向走去。

他去了海口市人才市场。用仅有的2元钱,买了一张应聘表,应聘去了一家广告公司,成了一名业务员。我不想告诉你这之后他历经多少艰辛,遇到多少挫折——世界上没有一个成功是轻易得来的,艰辛与挫折就像一日三餐一样,是成功者必备食粮。我要告诉你的是这故事的结局——3年后,这位年轻人成为这家广告公司总经理,也是业界最年轻的百万富翁。而他的同伴,那个当年和他一起出来寻梦的年轻人,早已没有了梦,在家乡小城拿着一份微薄的薪水,过着入不敷出的卑微生活。

  我一直相信世上有命运这回事,当我从朋友那儿听说这两位年轻人的故事后,我不再这样想了。所谓的命运,不过是行为的结果。同样是 2 元钱,你可以讨一张回程票,也可以买一张应聘表。而命运迥然不同。

州长的贞洁

这是发生在一百年前的事,但是今天读来,也并不过时。

约翰·阿特吉尔德的名字,对今天的人们来说有些陌生,但在当时的美国,可以说是家喻户晓。他是一位杰出的思想家、政治家,也是一位优秀的学者。他出生在德国,6岁时随家人移居美国——如果不是因为这一点,他会作为民主党候选人竞选美国总统,而不仅仅是伊利诺伊州州长。

在就任州长之前,阿特吉尔德从事法律业,他相当富有,在他居住的芝加哥,有一幢16层的统一大厦,也是当时最高的摩天大厦,就是他投资兴建的。他把自己的全部积蓄都投了进去,还从银行贷款200万美元。大厦建成后,成了芝加哥的标志性建筑,许多有名望和财力的公司纷纷入驻,租金除了支付银行利息和物业管理等费用,还有盈余,阿特吉尔德的个人资产连年增加。

1892年,阿特吉尔德为了实现自己的政治抱负,竞选伊利诺伊州州长并一举成功,随后前往州政府所在地斯普林菲尔德市,把全部时间和精力都用在工作上,无暇顾及自己的个人财务。他心底坦荡,为人正直,痛恨社会上的不公现象,同情社会大众。阿特吉尔德上任后不久,就行使州长特权,宣布赦免因反对强权、争取自由而在一次集会上制造暴力事件因而被逮捕并判重刑的几位无政府主义者。此举引起一些掌控着巨大财富的势力集团的不满,他们纷纷从统一大厦搬了出去,以示抗议。一些年轻律师、激进派人士和理想主义者陆续搬了进来,但他们当中大多数人付不起房租。很快,统一大厦陷入财务危机。阿特吉尔德只得求助于银行和贷款公司,要求延长贷款,暂缓利息,以缓解资金困难,但被拒绝了。

阿特吉尔德陷入深深的焦虑和不安。就在这时,有人向他暗示,给他指明一条路。

事情的起因是这样的。查理·J·叶奇是芝加哥一位赫赫有名的大富翁,拥有这个城市陆上交通和一座高架铁路的专营权,并且是伊利诺伊州法律规定的最长期限——30年。他本来住在宾夕法尼亚州,来这里不久就获得了公车营运权,对此,工商界人士心存疑虑,公众也众说纷纭。然而,这位精明的商人还不满足,又向州议会申请55年的专营权。此举激起公众的愤怒,报纸、电台纷纷质疑,几乎没有人相信,这项法案会被通过。

但是,大家低估了叶奇的能量。他不仅有钱,还有着猎取钱财不择手段的坚定意志。他雇请一流律师和技巧高明的说客,事先疏通好大部分州议员,使得法案顺利通过。现在,这项法案就摆在州长阿特吉尔德的办公桌上,他不需要做什么,他只要保持沉默、不投反对票,这项法案就会成为法律而生效,他的个人财务问题也会迎刃而解。

这真是一个绝妙的机会。全芝加哥人的眼睛都在盯着阿特吉尔德,大部分民众都相信他们投票选出的州长,但也有人表示怀疑。毕竟,州长的任期会结束,但生活还要继续。过惯了富裕生活的阿特吉尔德会冒着贫穷降临的危险、坚定地站在公众利益这一边吗？

日子一天天过去,公众的怀疑越来越重,只有阿特吉尔德一如既往地镇定。最后表决的时刻终于到了,他把自己亲笔写下的否决书送到州议会。

叶奇没有得到他渴望已久的55年专营权。不久,阿特吉尔德失去了本来属于他的统一大厦所有权。那一年,他55岁。

这样的结局,阿特吉尔德早就料到了。但他并不后悔,统一大厦另易其主,但良心的大厦依然健在,面对巨大的诱惑,他守住了自己的底线,守住了州长的贞洁。

你必有一样是出色的

这件事与你我有关

近日,从报上读到一篇文章,一对在华居住的加拿大夫妇,出于同情,从街上收留了一位无家可归的乞讨者,引起周围邻居的不满。因为这位乞讨者衣衫褴褛,每天出入小区,有损他们的形象。不仅如此,更让他们不安的,是怕这位乞讨者在小区内行窃,甚至行凶伤人。于是大家联名告到物业,直到将这位乞讨者从那对加拿大夫妇家中驱逐了事。

读罢掩卷深思。我不知道是什么原因,让国人对自己的同胞如此冷漠。人家原本毫无关系的外国人,尚且伸出同情之手,而"本是同根生"的华夏之子,不去"献出一点爱"也就罢了,反而结成同盟去阻拦。真不知那对加拿大夫妇作何感想,也不知那些中国邻居日后遇到这对夫妇,会不会脸红?我想应该不会,否则就不会那样做了,他们一定觉得自己做得对,怪两位加拿大人多管闲事,把一个与己无关的"外人"领到家来,给他们原本平静的生活"添乱"。

不知怎么,我想起很久以前读过的一个案例,那是发生在20世纪60年代美国的一件惨案。1969年8月9日,居住在洛杉矶的著名电影导演罗曼·波兰斯基和他的妻子、怀孕8个月的电影演员莎伦在家中被害,同时被害的还有他们的朋友、邻居。6位成年人和一个即将出世的婴儿被以非常残忍的手段杀害了,死前遭受击打,身中数刀,其中最多一人身中51刀,头部被击打数次,并中了两枪。

惨案震惊全美。可是,人们还没来得及从这起疯狂、血腥的惨案中缓过气来,第二天夜晚——8月10日,悲剧再一次重演,莱诺夫妇——一家连锁店业主——被以同样残忍的手段杀害了!由于两起谋杀案均未有财物丢失,加上作案手段之残忍,人们纷纷猜测是恐怖组织或邪教组织所为。一时间,惊惧与恐慌在洛杉矶蔓延,人们取消各种活动、约会,购买枪支、雇佣保安。为了尽快将凶手捉拿归案,波兰斯基的家人和朋友捐款25000美元,重金悬赏能够提供线索的人。

洛杉矶警察局投入全部人力、物力展开调查,但是,由于凶手未在现场留下证据,使得侦破工作难以进展。两个月的时间过去了,凶手依然逍遥法外。在案发后第三个月,警方终于找到突破口,一位另一起谋杀案的犯罪嫌疑人,在狱中向同伴提到一位叫查理的男人,是他们的"头",策划并指导他们执行谋杀。警方据此线索,找到并逮捕了这位叫查理的犯罪嫌疑人,以一级谋杀罪对其进行起诉。

查理·曼森是一个被遗弃的私生子,他的童年基本是在教养学校度过的,10岁起就开始抢劫、盗窃,从此便在犯罪、入狱和假释中度过其青春岁月。当他32岁被释放时,已经累计在狱中度过了17年时间。查理智商很高,聪明过人,虽然没受过什么教育,但在构思、组织和指导犯罪方面,无师自通。出狱后不久,他就纠集了一群社会闲散人员——主要是像他一样的问题青年、无家可归者,策划并实施谋杀。之所以选择波兰斯基和莎伦一家,仅仅是因为一次查理在他们家门前经过、问路时,被"冷漠"地打发走了!这一"谋杀理由"让人听了不寒而栗!

更令人震惊的是,查理拒绝律师为他辩护。在法庭上,他用傲慢、蔑视的目光扫视着法官、检察官和陪审员,以及旁听席上的人们,随后用手一指那些站在被告席上的同案犯,高声为自己辩护道:"这些孩子拿着刀子扑向你们,可他们是你们的孩子!是你们教育了他们。我没有教过他们什么,我只是尽量帮助他们站起来……为了不进监狱,我曾经从你们的垃圾桶里扒东西吃,我曾经穿过你们穿旧不要的衣服……我曾尽了最大的努力在你们的世界里生存,而现在你们却想杀死我。哈哈!"说到这儿,查理停了下来,冷笑了几声,然后用手指着自己的胸口,继续道,"你们想杀了我?而我已经死了,死了一辈子了!我已经在你们建造的坟墓里度过了32年!"

最终,查理·曼森以一级谋杀罪名被判决死刑,结束了他罪恶累累的一生。

查理·曼森死了,但是,他在法庭上说的那些话,就像他犯下的令人发指的罪行一样,让人久久无法忘怀!人们开始思索,反思。是谁培养、教育了查理,和那些与查理一样的人?他们来到这个世界上时,也像所有婴儿一样,纯洁,无知,瞪着一双清澈的眼睛,好奇地看着这个陌生的世界和周围陌生的人们。那时的他们不会想到,有一天自己会拿着刀子,扑向人群!不会想到自己会被关进监狱,送上绞架!没有人喜欢监狱,即使是像查理这样的人。他也曾努力想在这个属于大多数人的、正常的、温暖的世界里生存,但最终却走向另一极端……

其实,杀死波兰斯基夫妇和他们未出世的孩子的,不仅仅是查理,也是这个社会。正如查理在法庭上所说,他在被杀死之前,就已经死了。只有已经死掉的人才会做出那种令人惨不忍睹的暴行!只有已经死掉的人才会对监狱和绞架无动于衷!但这又能怪谁呢?他并非生而求死,他是被遗弃他的母亲杀死的,他是被这个冷漠的社会杀死的!

我这么说,不是想为查理辩护,也不是想让大家都像那对可敬的加拿大夫妇一样,把无家可归者收留到自己家中。我只是想说,犯罪固然可怕,但更可怕的是产生犯罪的根源。而在一切犯罪根源中,贫穷位居首位。也许你觉得那些流落在街上的乞讨者、无家可归者与你无关,但事实并非如此。我们所赖以生存的社会是一个结构缜密、互为依存的整体,是一个环环相扣、不可分割的链条,没有人可以单独存在。发生在这个世界的每件事、存在的每个人,都与你有关。你要知道,街上每增加一个流浪者,社会就增加一分不安定因素。当你伸手相助的同时,也是在减少自己和周围人的风险。反之,如果你冷漠地拒绝——也许就在这一瞬间,已经为他开了一张通向监狱的路条。

你必有一样是出色的

只需一瓢水

最近,因为事业遇到些问题,搞得我很灰心。为了彻底放松休息一下,我决定给自己放个假,去乡下老伯家,过一周真正的乡村生活。

乡下的生活就像乡下的空气一样,对我来说都非常新鲜。吃菜现从地里拔,喝水现去井旁压,睡觉开窗看月光。白天和他们一起下地干活,中午回家坐在土炕上吃农家饭,晚上坐在院子里乘凉。生活简单而快乐。可是,到了第二天早晨,就感觉胳膊发软、腿发沉,腰有些发酸,躺在炕上起不来,一直睡到快中午。家里静悄悄的,一个人也没有,都下地干活去了。我感觉有些渴,起来走到院里的小洋井旁,也学着老伯的样子,双手握住井把抬起再往下压,压了半天,可是不见一滴水出来。我累得直喘气,想不明白:老伯只压几下水就哗哗往外流,怎么我压却不出来!

正巧,这时老伯回来了。他走到井旁,拿起挂在上面的瓢,转身回屋到缸里舀了一瓢水,倒进井里,然后快速地抬压井把,只几下,水就哗哗出来了。老伯接了半瓢水递给我:"傻孩子,压水时,先拿瓢往里倒点水,这样水就压出来了。知道吗?这叫引水。"

原来是这样。每次,我只看到老伯一压就出水,却没注意他先用瓢往井里倒水。

生活,不也是这样吗?许多时候,我们看到别人某件事情成功了,自己也仿照去做,可是却怎么也做不成。

因为,我们没有引水。只需一瓢水,不多,但必须是你自己的。

你必有一样是出色的

给欲望设定底线

这是一位商界朋友讲给我的故事。

因为工作的缘故,我每年都要去美国。我曾遇到一对夫妇,大儿子12岁生日,送给他一台割草机作礼物,儿子用它为邻居修剪草坪赚了400美元,他用这笔钱买了耐克公司的股票,不到10天就赚了80美元。9岁的弟弟受他影响,用自己送报赚的钱买股票。这件事对我启发很大,中国的家长总是教孩子学习,很少在他们面前提钱,更不用说教他们赚钱了,这就是中美文化与教育的差异吧。我不否认中国的基础教育好,但美国的教育更有针对性、实用性。我决定中西合璧,对女儿进行财商教育。

国庆长假,我带女儿去看画展,旁边展厅正举行拍卖会。我灵机一动:拍卖场是最残酷也是最锻炼人的地方,对手就在眼前,一锤定乾坤。没有过多时间思考,也没有回旋余地。我向女儿简单讲解一下竞拍规则,然后带她去参加。

女儿选了一位音乐家收藏的塔罗牌,她很崇拜那位音乐家。我告诉她,这种塔罗牌正常售价20元,因为是收藏品,有感情和历史,你愿意为你的感情和它的历史多支付多少呢?女儿想了想,说愿意付100元。我说那好,100元加上原来售价20元,就是你的最高出价,也是底线,超过这个就放弃。

随着拍卖师锤响,竞拍开始了。女儿开始举牌。我坐在她旁边,感觉出她很紧张,生怕别人和她竞价。我环视了下周围,竞拍者还不少,对手并没因为她是孩子而放弃。已经加价到100元了,女儿有些负气,小声嘀咕了一句:糟了,快到了!

我一听,坏了,这是拍卖中最忌讳的,把自己底牌亮出来了。我用胳膊肘碰了她一下,她意识到自己说错话了,但已无力挽回。塔罗牌一路上涨,冲过120元底线,女儿还想举牌,我抬手制止她。

走出拍卖厅,我安慰情绪低落的女儿:"你虽然没得到那副塔罗牌,但你今天学到的东西比那副牌更有价值。首先,人的欲望是无止境的,你今天学会为欲望设定底线,这很好,很多人失败就是没控制好底线,成了欲望的奴隶。其次,输不要紧,关键要知道输在什么地方。你今天犯了两个技术性错误,一是让对手看出自己经验不足;二是不该说那句话,把底牌亮给人家,这是商场大忌。其实,很多时候,竞争者水平不相上下,最终谁能获胜,取决于心态。拍卖会是一个浓缩的社会,参与者都是你的竞争对手,你要想办法如何战胜他们。"

女儿冲我笑了笑,脸上的表情还是有些失落。我问她,如果塔罗牌主人不是那位音乐家,你还会这么喜欢吗?她摇摇头,我说,你以前不是总问我,什么叫产品附加值?这就是。其实人也一样,你现在和班上同学站在同一起跑线,但十年后你们的位置就不一样了,你的社会地位、生活质量,取决于你的附加值——知识储备、工作经验和创新能力。其实这副塔罗牌,爸爸完全可以买下来,作为礼物送给你,但我希望你凭借自己的能力得到它。因为在这个过程中,你成长了,有收获,这是我今天送给你的最好礼物。

你必有一样是出色的

恨是一件容易的事

杰瑞·斯宾塞,是美国20世纪最著名的辩护律师之一。与许多名律师不同——他们大都受雇于有名望和财力的大公司,或某个势力集团,总之是为富人服务,因为只有他们才能付得起一大笔律师费。而斯宾塞却关注穷人,关注那些生活在社会底层的人,总是受理为弱势群体说话的案子,始终站在他们的立场上,以娴熟的法律知识、高超的辩护技巧和丰富的庭审经验,赢得一次又一次的胜诉,他也因此赢得公众的爱戴和世人的尊敬。

但是,斯宾塞并非一开始就这样。像许多充满野心和梦想的年轻律师一样,早年他曾投身于政治事务,在竞选国会议员失败后,又做起了老本行——去一家保险公司做法律顾问,拿着丰厚的薪金,过着衣食无忧的富足生活。

促使斯宾塞离开保险公司、改变他一生命运的,是一件偶然发生的"小事"。那天,他陪妻子去超市购物,遇到一位以前打过交道的"对手"——一位年过六旬的老人,几个月前他在过马路时被一位妇女开车撞成跛子,他向保险公司要求赔付。这个案子是斯宾塞承办的,由于他的"精彩"辩护,老人没有拿到应得的赔付。没想到,时隔不久,两人又在这儿不期而遇。

望着老人艰难地移动那条受伤的残腿,把那些因为要过期而打折处理的食品放进购物车,斯宾塞突然间觉得自己做错了什么。如果不是他,老人就可以得到那笔赔偿金,就可以雇一个保姆而不是自己拖着残腿出来购买打折商品。斯宾塞内疚地低下头,想赶紧离开。但是老人已经看到他,并向他走来。

斯宾塞定定地站在那儿,觉得周身的血直往上涌,脸涨得通红,他做好了挨骂的准备,同时眼睛偷偷往四下瞧,如果一旦动手,他好赶紧逃跑。

但是,出乎意料,老人没有骂他,更没有动手打他,而是反过来安慰他:"不要难过,你只不过在履行你的职责而已。"然后,他拍了拍斯宾塞的背,宽厚地笑笑,走开了。

斯宾塞凝视着老人的背影,那一瞬间,他觉得不只是这桩案子,自己的整个人生都错了。他一夜未睡,第二天,他向公司递交了一份辞职申请书。

就这样,斯宾塞离开保险公司,开始了他为弱势群体辩护、为底层人民争取话语权的伟大路程。在漫长而艰辛的庭审生涯中,他开创了许多先例。在一起医疗事故赔付案中,他为受害人赢得400万美元的赔偿,犹他州的护理行业不得不因此而清理整顿。在为卡伦·希克伍德——一位因核辐射而死的女人——辩护中,他精心构筑的辩护策略,最终为受害人赢得1800万美元的巨额赔偿,这是美国核工厂的工人获得伤害赔偿的第一个案例,并且首开先河——其中1000万美元用于惩罚性赔偿款,这给美国核工业一个警示,促使这个行业开始整顿,不再把工人安全视为儿戏。

现在,斯宾塞早已跻身世界著名律师的行列,他是美国庭审律师学院的创立者和院长,这是一个非营利性组织,他也是怀俄明州律师事务所的奠基人。回顾自己的一生,斯宾塞充满感慨地说:对我影响最深的,就是那位跛腿老人。如果他当初怪我、骂我甚至动手打我,都在情理之内,是一个被打败的"对手"的正常反应,那样的话,我会硬起心肠,认为自己做得对,继续充当保险公司的"同谋",而不是成为现在的我。

正如斯宾塞所言,恨一个曾打败你、伤害你的人,是一件非常容易的事,就像爱自己的家人一样容易,但这并不能改变什么,只能使原本亲近的人变得陌生,原本陌生的人更加冷漠。能够改变人与人之间距离的,不是仇恨,而是宽容。正是因为跛腿老人的宽容,才使斯宾塞反省自己,才使他转而站在弱势群体的队伍中,成为他们最有力、最可信赖的代言人。

5 美元胜诉

克莱伦斯·丹诺,是美国历史上最伟大的辩护律师。在近60年的法庭生涯中,他怀着必胜的信念,以娴熟的法律知识、高超的辩护技巧和丰富的庭审经验,为劳工领袖、无政府主义者、黑人以及其他形形色色的刑事被告做过无数次精彩的辩护,赢得了一次又一次的胜诉。他担任辩护律师的许多案子,都被选作"案例",成为法律系学生的必修课。他说过的那句"一个人在未被定罪之前,都是无辜的",已经成为留传后世的至理名言。他被公认为20世纪律师界的理想典范。

和所有的伟大人物一样,丹诺并不是一开始就"伟大"的。1857年,他出生在美国俄亥俄州,由于家境贫寒,15岁便外出谋生。受父亲影响,他从小酷爱读书,很早就对法律感兴趣,但只受了一年正规法律教育,大部分时间都是边工作边自修。由于勤奋好学,丹诺21岁时通过了律师资格考试,开始了职业律师生涯。

在俄亥俄州的一个乡村小镇,作为一名乡村律师,处理的通常都是些买卖马匹、往牛奶里掺水之类的鸡毛小案。丹诺也不例外,他接手的第一个案子是追回一副价值15美元的马具。当事人是一个叫杰威尔的小男孩,他因为照顾一个生病的有钱人而得到了这副马具,但对方却否认此事,双方发生争执。地方治安员把这个案子交到丹诺手里,一审时小男孩付了5美元律师费,陪审团判他们败诉。这时小男孩已经没钱付律师费了,丹诺决定自掏腰包为他上诉,不想二审诉讼又输掉了。

小男孩已经对那副马具不抱希望了,这期间丹诺也移居到附近小城艾斯特伯拉,大家都劝他放弃,但生性固执的丹诺说什么也不同意,他决心要打赢官司。他托朋友做担保,把案子转到民事法庭,往返于艾斯特伯拉与俄亥俄州之间数次,终于赢得了诉讼。

但是胜利的喜悦没有停留太久,案子到了上诉法院被取消判决,这时丹诺已经举家迁往芝加哥了。所有的人都认为案子就此结束,但丹诺连犹豫都没犹豫,继续上诉到最高法院。最终,陪审团站在了他这一边,丹诺赢得了诉讼。此时,距他当初接手此案,已经相隔8年。小当事人已经从一个瘦弱的男孩长成高大健壮的青年,除了最初付的5美元律师费,丹诺再分文未取,还自掏腰包,花了不少钱,才赢得诉讼。对此,丹诺并不介意。在他看来,钱并不重要,重要的是赢。

这件案子在当地很有影响,但在其他地区默默无闻,和后来丹诺担任辩护律师的那些大案、要案相比,可以说微不足道,但它却奠定了丹诺日后成为伟大律师的基石,决定了他一生的职业原则——胜诉第一,收入第二。他的一生也好像由这个判决结果决定了一样,不管案情多么曲折,辩护多么艰难,最后他总能赢。

没有野心

在第78届奥斯卡金像奖典礼上,李安凭借一部《断背山》,摘取了最佳导演奖这一桂冠,他是第一位获此殊荣的华人导演。此前,《断背山》在欧洲几个重要电影节也好评如潮,连连夺冠,一时间风光无限,成了电影界的宠儿。李安也因此一跃成为世界影坛公认的"大师"。

面对《断背山》的成功,李安说了一番令人深思的话。他说:"我原本只是想拍一部没什么人要看的电影,是继《绿巨人》失败后自我疗伤的形式,片子一定要边缘化、非主流化才会没有人看,因此选了这个同志牛仔爱情故事。"

的确,《断背山》是一部没有任何野心的作品。拍摄之前,李安已经准备息影,退出江湖。20年从影经历,凭借《推手》《喜宴》和《饮食男女》奠定其影史地位,一部《卧虎藏龙》让他初登奥斯卡奖台,成为好莱坞最风光的华人导演。但是,多年的拼搏与厮杀,紧张艰苦的拍摄生活,也让他身心俱疲,特别是转型之作《绿巨人》的挫败,使他萌生退意,告别影坛。

就在这时,以前一直反对李安从影的父亲却鼓励他,让他把过去的荣辱成败全部"放下",完全随自己的心意,按自己的风格,拍一部真正喜欢、真正想拍、不考虑市场和票房、不在乎奖牌与掌声的电影。李安听从父亲的劝告,斩断一切世俗欲念,抛却所有外界羁绊,只忠诚于自己内心的平静与真诚,轻松而专注地投入《断背山》的拍摄中。

这是一部小成本、没有明星、没有噱头的性情之作,融东方文化的沉静与内敛和西方文化的搏动与豪放于一体,纯粹得近乎透明、干净得让人内省,从心灵出发,抵达心灵。也许正因如此,无须任何宣传攻势,就一下赢得了观众的心,征服了奥斯卡评委。

《断背山》让李安抱回所有电影人都期盼的小金人,为他多年的执导生涯写下最亮丽的一笔。我想,这要感谢他当初的"没有野心"。野心对一个初出茅庐、一无所有的年轻人来说,会成为他奋斗的动力,为他扫除前进的障碍。但是对于一位已经功成名就的人来说,却会成为束缚和羁绊。试想,假如当初李安野心勃勃,两只眼睛盯着奥斯卡,就不会选择《断背山》。即使选择《断背山》,也不会拍成现在的样子,很可能是另一部《绿巨人》。

哈利·波特与你无关

前不久,与出版社洽谈一部长篇,我按约定时间去,在走廊与编辑碰个对面。他正指挥两位民工往外搬东西,足有十几捆,都是废弃不用的书稿。我站在旁边看,心中涌起一种说不清的复杂滋味。同为作者,我深知创作这些书稿的艰辛,一部20万字长篇,从构思到成文,最快也要两三年时间。如果书稿的主人看到自己辛苦创作的结晶,就这样被当作废品扔掉,不知该作何感想?

也许是经历得多了,编辑并不在意,他一边整理办公桌,一边对我道:"早就想清理一下,堆在这儿怪碍事的。"

"这么多书稿?现在小说市场不景气,怎么还有这么多作者投稿?"

编辑苦笑道:"那是以前,这几年市场又回升了。我们编辑部每天都接到来稿,真有些应付不过来。"

"那还不好?稿多,选择余地大,你们可以多出佳品、精品啊。"我微笑道。

"可问题是,来稿虽然多,但好稿少。大部分都是跟风之作,故事老套,毫无新意。不说别的,就说《哈利·波特》,前几年刚走红那会儿,各出版社几乎天天收到大量模仿之作,都是写魔法石、火焰山之类的。这两年少些了,每月还能接好几部。不瞒你说,我现在一看这类题材就头晕,翻几页没什么新东西,就丢在一边。刚才那些废弃书稿,多半都是这类。我真是搞不懂,作家应该写自己最熟悉、最感兴趣的东西,哈利·波特和你有什么关系?那是人家罗琳的孩子,你凭空拿来,让读者埋单,那能成吗?别以为读者都是傻瓜!"

编辑感慨一番,然后转入正题,谈我的书稿。他告诉我,小说已通过终审,因为目前商业题材作品不多,精品更少,我的小说取材真实,曲折感人,社里决定作为今年重点书目推,并且给我的条件也很优厚。我有些喜出望外,签完合同,一路吹着口哨往家走。

回到家,激动的心情渐渐平息下来。我想着今天发生的事,想起编辑说的话,不禁有几分后怕。三年前,我构思这部小说时,一位朋友曾劝阻我,他说只有商人对商战题材感兴趣,而商人都忙着赚钱,根本没时间读小说。他建议我写一部中国的《哈利·波特》,因为中国许多商业模式都是模仿欧美的,图书市场也一样,如果模仿罗琳,写一部中国版的《哈利·波特》,肯定会畅销。

说实话,我当时不是一点没动心。身为作家,我不会羡慕比尔·盖茨,但对以《哈利·波特》一夜成名、跻身富豪行列的罗琳,不可能没有一点想法。于是,我找来《哈利·波特》以及罗琳创作此书的相关资料,当我认真研究、拜读完后,决定放弃。

罗琳从小就是一个喜欢幻想、对故事着迷的女孩儿,长大后,依然保持着儿时的爱好,后来她做了妈妈,每晚都给孩子讲一个自己编的故事。1990年新年前夜,25岁的罗琳失去了母亲。母亲的去世给她的心灵带来无以名状的悲伤,也给了她创作一个从小就是孤儿的哈利这一人物的灵感。也是在这一年,罗琳在从曼彻斯特开往伦敦的火车上,从车窗看见一个戴眼镜的小男孩,进一步激发了她的灵感,她开始构思哈利·波特的故事。但是直到1997年,《哈利·波特与密室》才问世。罗琳用了7年的时间埋头创作,尽管她当时经济拮据,还是一遍一遍地修改,直到自己满意为止。罗琳从来没想过,《哈利·波特》会给她带来如此大的名声,如此多的财富,她是真心地爱着《哈利·波特》,她无法抑制内心的创作冲动,她要让这个善良、正直、勇敢的小男孩跃然纸上,让更多的人来分享。

正如那位编辑所说,《哈利·波特》是罗琳的孩子,不是我,也不是你,只有罗琳——这位母亲,才能让他诞生。

其实,每个人都有自己的《哈利·波特》,只要你用心寻找,孕育,创造……

你必有一样是出色的

宽恕别人就是爱自己

诺贝尔和平奖获得者、南非黑人领袖纳尔逊·曼德拉是一位国际政坛的风云人物,他一生都致力于反对政府种族歧视政策、推进南非民主进程的斗争,并因此遭到当局监视而被捕。在度过了长达27年失去自由的监禁生活后,1990年2月10日,南非政府宣布无条件释放曼德拉。

已是72岁高龄、两鬓斑白的曼德拉,走出监狱的第二天,即投入自己钟爱并为之奋斗一生的为争取民族独立和解放的运动中,并在南非首度不分种族的大选中获胜,成为南非第一位黑人总统。有5万人参加了就职典礼。就职典礼后,曼德拉设宴招待各国特使、来宾,他先致辞欢迎大家的到来。他说,他深感荣幸能接待这么多尊贵的客人,但他最感到高兴的是当初他被关在罗本岛监狱时,待他以礼的三名前狱方人员的到来。接着,他邀请他们站起身,一一介绍给大家。

在场的人无不为之感动。这些人中,有一位就是美国特使团成员、当时身为第一夫人的希拉里。由于受"白水案"牵连而接受美国司法部门调查、不时遭受媒体攻击的希拉里问曼德拉,如何在激流险壑、风云变幻的政治斗争中,保持一颗博大、宽容的心?

曼德拉意味深长地看了她一眼,以自己获释出狱当天的心情回答了她。他说:"当我走出囚室、迈向通往自由的监狱大门时,我已经清楚,自己若不能把悲痛与怨恨留在身后,那么我其实仍在狱中。"

曼德拉还告诉希拉里,感恩与宽容经常是源自痛苦和磨难的,必须以极大的毅力来训练。自己年轻时性子很急,在狱中学会控制情绪才活下来,他的牢狱岁月给他时间与激励,能够深入自己的内心,学会处理遭逢的苦痛。

曼德拉博大宽宏、乐观向上的精神深深地感动了希拉里,她暗暗告诫自己:要试着像曼德拉那样,以宽宏的精神处理生活中遭逢的苦痛。1998年8月的一天清晨,当她的丈夫、美国的总统克林顿向她承认自己和莱温斯基有过不当亲密关系时,她愤怒得像一头狮子,冲着他大吼大叫。回忆当时的心情,希拉里在回忆录中这样写道:如果仅作为他的妻子,我真恨不得扭断他的脖子。但他不只是我丈夫,他同时也是美国的总统。无论如何,他领导美国与国际社会的风范依然让我敬佩。

就像我们知道的那样,希拉里最终宽恕了自己的丈夫。她以常人难以想象的毅力控制住自己的情绪,像往常一样投入工作中,利用工作、假期旅游、向朋友倾诉、阅读和散步等方式抚平内心的伤痛,化解难言的愤怒。重拾起生活,投入自己所热爱的事业中去。

再没有什么比失去自由和被自己所爱的人背叛更痛苦的了!身为女人,如果能够选择的话,我宁愿不要希拉里那样的荣耀,也不愿经历她那样的痛苦。但是,谁又能保证自己永远远离痛苦呢!在我们的一生中,快乐和痛苦经常是交替出现,交换作用,所以当痛苦袭来时,我愿意试着像他们一样,把悲痛与怨恨抛在身后,乐观地向前。不是为别人,而是为自己。因为,人的心也是一所监狱,如果深陷其中无法自拔,成为自己的囚徒,这才是最大的痛苦啊!

宽恕别人,就是最深地爱自己。

女博士的选择

朋友的女儿 Kite 喜欢法律，本科毕业考入香港大学读法学硕士，本来想继续攻读博士，但她不想再花父母的钱，她想先留在香港工作，等赚够学费再去美国读博士。由于学习成绩优异，她被一家大律师事务所聘用，服务的客户有世界 500 强，其余也都是香港名企。她很快就适应了工作环境，业务能力也获得认可，这本在意料之中——她一向争强好胜，能力超群，出乎意料的是，她被一位大客户相中，想为自己的儿子做媒。

这位大客户是富商，香港的名门望族，资产丰厚不说，其公子也是一表人才，名校毕业，进入家族企业，准备做未来的掌门人。这样好的姻缘，没有哪个女人不动心，但 Kite 却拒绝了，因为对方的条件是——结婚之后必须辞职，专心做全职太太，在家相夫教子。

"我要去美国读博士，现在还不想结婚。"Kite 婉转地拒绝。

富商颇感意外，劝慰道："你不需要读博士了，我们认为，你现在的学识已经够相夫教子，成为称职的全职太太。"

"可是——"Kite 固执地道，"读博士是我的梦想，也是职业发展的需要，我的理想是成为法律界精英，而不是全职太太。"

富商很是不解，质疑说："你知道这样做的风险吗？这个世界上女博士有很多，但像我们这样的家族却不多，你以后很难遇到这样的机会了。"

"我知道，读博士会扩展职业前景，但也有嫁不掉的危险，凡事有利有弊，做全职太太也一样存在风险啊！您是商界前辈，应该知道经济学有一条定律：不要把所有的鸡蛋放在一个篮子里，以免全盘皆输。而全职太太却恰恰如此，老公就是老板，一旦失婚就等于失业，职场和情场两头落空，这个风险是我承担不起的。"

富商有些不高兴了，脸色阴沉起来，语气带着不满："你太多虑了，像我们这样的家族怎么可能婚变呢？"

Kite 倒不介意，微笑着辩解道："我不是说一定会婚变，我是在分析这种婚姻模式的结构性风险。职业和婚姻是人生的两个重要内容，前者让人实现社会价值，后者让人拥有情感归宿，二者是平等的，相互依存，相得益彰，而全职太太却合二为一，以情感归宿代替社会价值，从而失去了社会属性的认同，也就失去了掌控自己命运的机会。从这个角度说，全职太太的风险远高于职业女性。"

Kite 拒绝了这门令人羡慕的婚事，埋头工作，辛苦赚钱，为了她的博士梦。

很多人都为她惋惜，说她太傻，这么好的姻缘不抓住，非要读什么博士，读了博士又能怎样？还得去职场打拼，辛辛苦苦赚钱，不如趁着年轻漂亮嫁人，过荣华富贵的生活。富贵要趁早呀，晚了就来不及享受了。

我倒很佩服 Kite，年纪轻轻，这么有定力，不像有些女孩儿，一心想攀龙附凤，在她们心中，青春就是最大的资本，美貌就是最好的资产,凭借青春和美貌嫁入豪门,是人生最好的选择。但她们忘了一条——女人的美貌是折旧率最高的资产,你可以获取一时,不能拥有一生,这个世界永远有比你更年轻、更漂亮的女人,所以才有"但见新人笑,哪闻旧人哭"之说。女人若想笑到最后,还是要凭借自身的能力和智慧,这是相伴一生的美貌,永不折旧的资产。而能力和智慧,源于充足的知识储备和丰富的实践阅历,从这个角度说,Kite的选择不失为明智。

也许你会说,日本和韩国的女性,不都是结婚就辞职,做全职主妇吗?这一点,我不否认,但我们国情不同,日韩两国长久以来形成了这样的婚姻习俗和文化,有专门培养全职主妇的家政学校,以保证和提高婚姻质量;更有相应的法律保障,一旦婚姻关系破裂,丈夫要支付妻子赡养费,直到她再婚或死亡。而我们没有,没有这样的文化氛围,虽然有法律条文,但操作起来有难度,万一碰到道德低下没良心的,私下隐瞒或转移财产,作为弱势的一方,只能任人宰割。所以在中国做全职主妇风险很高,你能依靠的只能是男人的良心,而良心往往是靠不住的,或许这就是为什么现代女性在感情和事业发生冲突时,往往选择事业,就连日本和韩国的年轻女性,选择不结婚或婚后工作的比例也越来越高。

第二辑　带着微笑上路

省略阳光

一家著名的国际贸易公司高薪招聘业务人员,应征者不暇。在众多的应聘者中,有一位年轻人条件最好,毕业于名牌大学,又有在市外贸公司工作三年的经验,所以他坐在主考官面前时,非常自信。

"你在外贸公司具体做什么?"主考官开始发问。

"做山野菜。"

"哦,做山野菜。那你说说,对业务人员来说,是产品重要,还是客户重要?"

年轻人想了想,说:"客户重要。"

主考官看了看他,又问:"你做山野菜应该知道,蕨菜主要是出口到日本,以前销路非常好,有多少收多少,可是最近几年,日本却不要了。你说说为什么?"

"因为菜不好。"

"为什么不好?"

"嗯,"年轻人停顿了一下,"就是质量不好。"

主考官看了看他,说:"我敢断定,你没有去过产地。"

年轻人不敢正视主考官的眼睛,他垂下眼帘,沉默了30秒,没有说是,也没有说不是,却反问:"你怎么能看出我去没去过产地?"

"如果你去过产地,就应该知道为什么菜不好。蕨菜采集的最佳时间只有10天左右,在这期间非常鲜嫩好吃,早了不成,晚了就老了。采好后,要摊开放在地里晾晒一天,第二天翻个过儿,再晾晒一天,把水分蒸发干,然后再成把捆好,装箱。等食用时放在凉水里浸泡一下就可以了。可是当地农民为了多采多卖,把蕨菜采到家,来不及放在地上用阳光晾晒,而是放在炕上,点火加热,这样只用两个小时就烘干了。这样加工处理的蕨菜,从外表上看都一样,可是食用时,不管放在水里怎么泡,都像老树根一样,又老又硬,根本咬不动。日方发现后,对此提出警告,一次,两次,还是如此。结果,人家干脆封杀,再不从我国进口了!"

年轻人听了,不好意思地低头道:"我是没有去过产地,所以也不知道你说的这些事。"

他带着遗憾走出外贸公司的大楼。这位最有希望入选的年轻人,最终没有被录取,这样的结局,从他离开主考官的那一刻,就已经知道了。他非常清楚:像这样著名的国际大公司,是不会录取像他这样在外贸工作3年、整天陪客户吃饭却没有去过一次产地的业务人员的。他就像那些一心想加工速成蕨菜的农民,省略了两天的阳光,但最终被烘干的却是自己!

承受极限

一位年轻人毕业后被分配到一个海上油田钻井队,中方与日方合资合作,主管是一位日本人。在海上工作的第一天,领班要求他在限定的时间内登上几十米高的钻井架,把一个包装好的漂亮盒子送到最顶层的主管处。他抱着盒子,一溜小跑,快步登上那高高的狭窄的舷梯,当他气喘吁吁、满头是汗登上顶层,把盒子交给主管,主管只在上面签下自己的名字,让他再送回去。他又快跑下舷梯,把盒子交给领班,领班也同样在上面签下自己的名字,让他再送给主管。他看了看领班,稍犹豫了一下,又转身登上舷梯。当他第二次登上顶层,把盒子交给主管时,浑身是汗两腿发颤。主管和上次一样,在盒子上签下他的名字,让他把盒子再送回去。他擦擦脸上的汗水,转身走向舷梯,把盒子送下来。领班签完字,让他再送上去。他有些愤怒了,他看看领班平静的脸,尽力忍着不发作。他擦了擦满脸的汗水,抬头看了那刚刚走下的舷梯,抱起盒子,艰难地一个台阶一个台阶地往上爬。当他上到最顶层时,浑身上下都湿透了,汗水顺着脸颊往下淌。他第三次把盒子递给主管,主管看着他,傲慢地说:把盒子打开。

他撕开外面的包装纸,打开盒子。里面是两个玻璃罐,一罐咖啡,一罐咖啡伴侣。他愤怒地抬起头,双眼喷着怒火,射向主管。

这位傲慢的主管又对他说:"把咖啡冲上。"

这位年轻人再也忍不住了,啪的一下,把盒子扔在地上:"我不干了!"说完,他看看倒在地上的盒子,感到心里痛快了许多,刚才的愤怒释放了出来。

这时,这位傲慢的主管站起身来,直视他说:"你可以走了。不过,看在你上来三次的分上,我可以告诉你:刚才让你做的这些,叫作承受极限训练。因为我们在海上作业,随时会遇到危险,就要求队员身上一定要有极强的承受力,承受各种危险的考验,才能成功地完成海上作业任务。可惜,前面三次你都通过了,只差最后一点点,你没有喝到你冲的甜咖啡。现在,你可以走了。"

承受是痛苦的,它压抑了人性本能的快乐。但是成功,往往就是在你承受常人承受不了的痛苦之后,才会在某个方面有所突破,实现最初的梦想。可惜,许多时候,我们只差一点点,为了一时痛快,而没有喝到我们冲的甜咖啡。

人生有五枚金币

五月的一天,我和朋友去旅顺办事,听说陈家村有三位渔民因为轮船发动机出了故障,在海上漂了7天6夜,船上什么吃的都没有,村里人都以为他们死了,谁也没想到他们活着回来了。我听了,急忙赶去采访。

三位渔民脸晒得黑红,坐在我们面前,讲述着曾经发生的故事,面带笑容,语气平淡,好像不是他们自己亲历而是发生在别人身上似的。

"你们开始的时候想到会漂7天吗?"

"没有!我们想:再坚持一天,明天就会有人来救我们。如果一开始就知道要等7天,受这么多罪,我们可能会受不住。"为首的一位年纪较大的渔民说,他是这艘船的主人。

"第六天下午,我觉得自己坚持不住了,喝进去的海水在胃里翻腾,难受死了,就在这时候我们听见了马达声,看见有一条船朝我们开来,我们三人趴在船上喊救命,可是当船驶近的时候,船上的人却冲我们说:你们慢慢漂吧。我绝望地趴在船边想跳海自杀,是他救了我。"年纪较小的帮工感激地指着船主说。

船主不好意思地摸摸后脑勺："其实也没什么,我只是给他们讲了一个五枚金币的故事。

"小时候,我生活在内蒙古草原,有一次,我和爸爸在草原上迷了路。我又累又饿,到最后快走不动了。爸爸就哄我,他从兜里掏出5枚硬币,把一枚硬币埋在草地里,把其余四枚放在我手上,说:'人生有5枚金币,童年、少年、青年、中年、老年各有一枚,你现在才用了一枚,就是埋在草原上的那一枚,你不能把5枚都扔在草原,你要一点点地用,每一次都用出不同来,这样才不枉人生一世。今天我们一定要走出草原,你将来也一定要走出草原,世界很大,人活着,就要多走些地方,多看看。不要让你的金币没用就扔掉。'

"我们走了一天一夜,终于走出了草原。我一直记得那天父亲说过的话,也一直保存着那4枚硬币。我25岁时,有一天从电视上看到大海,我把第二枚硬币埋在草原,带着其余3枚硬币,一个人乘车来到大连旅顺,当了一名水手。今年是我在海上第9个年头,我刚刚用攒下的钱买下这条12马力的小船,我一生的梦想,是能拥有一条可以远洋的100马力以上的大船。我们还年轻,还有人生的三枚金币,我们不能就这么把它们都扔到大海里。我们一定要活着回去!从我讲这个故事到我们被救,才十几个小时。我们真的活着回来了!"

海上漂泊7天6夜,他们喝海水,吃鱼饵,忍受着肉体和精神上双重的痛苦,直到现在他们因海水中毒而全身浮肿,胃出血,脚溃烂,但他们坐在我面前,面带笑容,语气平淡,对他们来说,所有的灾难都已成为过去,重要的是他们还活着,还拥有人生的三枚金币,这比什么都重要。

假如死亡来临

朋友是做证券生意的,整天飞来飞去,满世界地跑,忙得要命,难得见他一面。我们通常的联络方式是打电话。

有一天晚上,他打电话来,我们东南西北地聊。聊着聊着,他突然问我:"如果让你花一元钱,可以买到你哪一天会死的信息,你买不买?"

我想了想,摇摇头说:"不买。"

"为什么?"

"人生最大的痛苦莫过于知道自己哪天死,所以最好的死亡方式是:让死亡突然间来临,来不及思考,生命突然终止。"

沉默了一会儿,电话那端,他轻声说:"可是,我买。"

"为什么?"

"我怕死亡突然来临时,我还有许多想做的事没有做,把它们带进坟墓去。不过,我也不想知道得太早,提前10天让我知道就行。"

"你想用这10天做什么?"

"5天的时间给我家人,好好陪陪他们。5天的时间给我自己,做我最喜欢做的事情。"

"你最喜欢做的事情是什么?"

"和我爱的人在一起。我开着车带她穿越大森林。"

我笑了:"这并不难。你为什么不现在就做呢?"

他叹了口气:"现在这么忙,哪有时间啊?"

我也在心里叹了口气,不禁想起另一位朋友,他是一家外贸公司经理,工作非常忙,也是满世界地飞,整天忙着谈判、签合同,一年难得回家几次。他觉得很欠妻子和女儿的,就说等公司业务发展好了,陪她们去欧洲度假。公司的业务一直在发展,可是他总觉得还不够好,结果一拖再拖,始终未能成行。后来,他在一次赴日本谈判时,心脏病发作死在途中。

许多时候,我们总把最喜欢做的事情留在最后。可惜,死亡在来临之前并不通知我们。尽管我们已经荣幸地迈入21世纪信息时代,信息高速公路已经架到我们家门口,却没有一家公司可以出售死亡的信息。所以,大多数人留在最后、最喜欢做的事情,最后都带进坟墓里去了。

幸福的温度

我出生在北方,却很怕冷,对炎热的夏季情有独钟。而同事森刚好相反,当时我们都在报社经济部工作,在同一屋檐下。冬天还好说,大楼统一供暖,一到夏季,就为空调定在多少度争论不休。他要定在22摄氏度甚至更低,而我在这个温度下就浑身起鸡皮疙瘩,严重时鼻子不通气。于是就和他抢遥控器,把温度升到26摄氏度。大概是性别优势,最后总是我胜。后来他送我一个绰号"26摄氏度女士"。

"26摄氏度怎么了?这是最适合人体的温度,一位医学专家说的。最适合的就是最幸福的,你知不知道?"我故意气他。

"好,等哪天把你送沙漠去,让你好好体验一下什么是幸福!"森一边擦额头上的汗一边道。

本来是句戏言,不想几年后我真的去了沙漠,当时我已离开报社,成了一位自由作家,应一家杂志社邀请去敦煌游玩。说来有些好笑,我对沙漠的第一感觉不是它的炎热,而是它的寒冷。我们是在傍晚到达的,一下车就感到冷风直往身上吹。来接我们的导游说,沙漠气候就这样,早晚温差大,嘱咐我们明天多穿些衣服。

第二天早晨,我穿上厚外套,在宾馆门前等车时,还是冻得直打颤,等上了大巴才感觉好些。车上的温度计显示 16 度,导游说,外面估计可能还不到 10 摄氏度。今天日程安排是去雅丹地貌。我们从市区出发,快中午时才到。一下车,感觉像进了桑拿房,又热又闷,透不过气来。导游说,现在温度在 38 摄氏度以上,再往里面走还会更高。我们一行几人换乘一辆"沙漠风暴",往沙漠深处驶去。导游就在车上讲解。到了雅丹地貌,我们下车游览、拍照。

一下车,好像被一股热浪包围了,阳光直射,闷热难忍,赶紧撑开阳伞,但并不起什么作用。导游说,现在温度是 40 度,地表温度还要更高。的确,隔着厚厚的鞋底,依然能感觉脚下的灼热,我终于体会到什么是热了!因为炎热我无心观景,匆匆拍了几张照片,赶紧回到车上,顿时清爽许多。

"哇,真凉爽,好幸福呀!"和我一起回来的同伴感叹道。

我抬头看看车上的温度计:"其实车上温度也很高,有 36 摄氏度呢,可是感觉像是 26 摄氏度。"

这时,一旁的导游笑道:"那是因为你们刚从外面回来。我没让司机开空调,怕温差太大,你们受不了。"

我冲导游感激地一笑,转身望着窗外。那一望无垠的沙漠,还有那刚刚体验过的酷热,让我想起当年在报社和森抢空调的事,还有他说过的话。回去的路上,我忍不住给森打了个电话,电话接通了,但没人接。也许在开会吧,森现在已升为总编室主任,事务性工作比较多,我想等他忙完看到手机上的显示,会给我回话的。

直到晚饭时,才接到森的回话,语气中透着疲惫,情绪十分低落。我问他是不是出什么事了?他顿了一下,说,你还记得美编小 Z 吧,她离家出走,已经两天了,今天警察在市郊海边发现了她的宝马车,人还没有找到。

我一听,惊得说不出话来。小 Z 是报社有名的美女,后来嫁给一位地产商,辞职做了全职太太。听说她先生很宠她,名车、钻石,一样也不少。报社女同仁都羡慕得要命,一致认为她是最幸福的人。

"她为什么要这么做?多少女人做梦都想要她那种生活呢!"我忍不住问。

"具体原因我也不知道,总之是过得不幸福吧。否则为什么放着好日子不过,离家出走呢?"森重重地叹口气,话题一转,"算了,不说这些了。怎么样,你的沙漠之旅?这回知道热的滋味了吧!"

我回味着这一天的经历,还有小 Z 出走的事,轻声道:"是啊,不仅知道了热的滋味,还知道了幸福的温度。"

"幸福的温度?你不说是 26 摄氏度吗,还说是什么医学专家说的。"

"那是骗你的。"我苦笑,不无感慨地道,"其实,幸福并没有固定的温度。一个人是否感觉幸福,取决于上一分钟待在哪儿。"

森没言语,良久方道:"是啊,我现在还记得小 Z 在婚礼上的样子,简直像个幸福女神。"

是啊,每个人在举行婚礼时,都是幸福的。后来之所以感觉不到幸福,是因为对幸福的期望值增加了,而实际得到的幸福又被稀释了。

你必有一样是出色的

和自己比较

表哥12岁时,一场意外的火烧伤了他的左手,需要植皮,他的手背和大腿从此各留下一块伤疤。这小小的伤疤成了他心里永远的痛。每次出门,他都要戴上手套,即使再炎热的夏季,他也穿着长裤。身上的伤疤掩饰起来,可心灵的伤疤却无处躲藏。随着年龄的增长,身上有形的伤疤在长,心上无形的伤疤也在长,慢慢长成他精神上的一个枷锁。他总是一个人躲在远离人群的地方,用功读书。高中毕业,他以优异的成绩考上北京一所著名大学。毕业后,他去了北方滨城,在一家外资公司工作。不久,他辞职下海,创办了一家电脑公司,迈进成功者行列。那年我大学毕业去滨城,他开着他的白色宝马来接我,带我去他的公司。我一边参观,一边想:这回他该满意了,再也不用为当年的伤疤自卑了。

我们虽在同一城市,但彼此都很忙,平常只是打打电话,难得见面。偶尔赶上周末有闲,表哥就带我去见他的一些朋友。那天,他一位同学从美国回来,我们一起去了滨城最好的香格里拉大酒店,同去的还有表哥的一位同学,一家酒店的总经理。席间,大家谈起这些年的经历,然后话题一转,纷纷称赞表哥,说想不到在学校时沉默寡言不事张扬的他竟创下这么大规模的公司,真是事业有成啊。

"哪里哪里,你们才是真正的成功者,你有最走俏的绿卡,你是酒店大老总,我算什么?"表哥自嘲地说,言语中透着掩饰不住的自豪。

大家又接着聊起来,就在饭局快结束时,我无意中一抬头,看到表哥两眼直视窗外,一脸的茫然。我一愣:莫非他有什么心事。回去的路上,我忍不住问他。他先是一惊,眼中掠过一丝愁云,犹豫片刻,道:"我跟你说,你可不要对别人说。最近做了几笔生意都亏了,现在账上已经没有钱了,我必须在这个月内解决30万元流动资金,否则公司就维持不下去。"

我看看他,快言快语地说:"这还不好办,把车卖了不就行了。"

"那哪行?车是男人的腿,男人没有老婆也不能没有车。"

"买辆便宜的车开,一辆桑塔纳才十万元。"

"那也不行,这车只能越开越好,我今天开宝马,明天开桑塔纳,那不就等于给自己做了个没钱的广告,证明自己是穷人,谁还敢和我来往?"

我看了表哥一眼,把视线转向窗外。白色宝马在宽敞的马路上奔驰,两旁行人一闪而过,不远处一辆公共汽车驶来,好多人奔过去,拥挤着,喧闹着,对于这些一辈子挤公共汽车的工薪族来说,拥有一辆桑塔纳也许是他们一生的梦想,可是对像表哥这样的大老板,却是一件令他烦恼的事。不过他的烦恼我帮不上什么忙,只能陪他说说话。实际上我也没说什么,都是他在说,讲他这些年创业的艰辛。我这才知道,在人前风光的他,其实内心深处比谁都疲惫。那天,我们去酒吧喝了很多酒,直到很晚才离开。

半夜里,我睡得正香,突然响起的电话把我惊醒。我拿起电话,是表哥。他呻吟着说:他的胃痛得厉害,他觉得他要死了!我放下电话,抓起钱包就往外跑。出了公寓打了辆出租车,以最快的速度赶到表哥家,司机帮我把他背到车上,送到医院。

表哥躺在急诊室的病床上,脸色苍白,豆大的汗珠顺着脸颊往下淌。一位老医生给他做检查。我紧张地站在一旁。过了一会儿,医生把我叫出去,说:"你是病人家属吧,他现在胃出血很严重,需要立刻做手术,否则有生命危险,你在手术单上签个字吧。"

我接过手术单,眼泪一瞬间涌了出来。我用颤抖的手写下自己的名字,抬手擦去眼泪,转身走进病房,握住表哥的手,尽量用平静的声音说:"你胃出血,需要做手术,别害怕,我会一直陪着你。"

表哥一听,竟像个孩子似的捂着自己的腹部,连声说:"我不做手术,我身上已经有两块伤疤了,我不要再留下伤疤!"

我怎么劝他也不听,护士过来劝也不起作用。这时,那位老医生走过来,一双眼睛紧紧盯着他:"小伙子,多大了?"

"32岁。"

"结婚了吗?"

"还没有,我女朋友在美国,我们明年结婚。"

老医生不再问了,用手在他的腹部摸了摸,说:"现在里边还在出血,很严重,你快要死了!"说完,转身就往外走。

表哥"腾"地从床上坐起来:"什么?医生,别走,我不想死,救救我!"

老医生停住脚步,转过身:"不想死?"

表哥点点头。

"那好,手术。"

表哥点点头,顺从地躺到床上,他最后握了一下我的手,被推进手术室。手术室的门"砰"地一声关上了,我望着门上面三个大字,内心翻江倒海。表哥一向聪明要强,小时候一场大火几乎把他的梦想烧成灰,现在好不容易奋斗到今天,可公司陷入困境。这种时候他又病倒,真是祸不单行啊!

我守候在手术室门外,时间仿佛停滞了,一小时就像一年。终于,门开了,我冲过去,表哥紧闭着眼睛,身上插了好几根管子。医生告诉我,手术很顺利,一会儿他就会醒来。我守在表哥床边,天渐渐地亮了,阳光透过窗帘照进来。表哥动了下身子,慢慢睁开眼睛,木然地盯着床头的输液管。

我忍住悲伤,安慰他:"表哥,没事了,手术很顺利,过几天你就出院了,到时候一切都会好的。"

他看看我,忽然咧开嘴笑了。记忆中从未见过他这么轻松、这么开心地笑过。他抬起手拍拍我的脸颊:"小妹,别为我担心,我现在一点也不难受,真的,对一个刚刚从手术台上走下来的人来说,没有什么比知道自己活着更满足的了!"

我望着他安然自得的样子,心中无限感慨:我们从生下来就习惯比较,和比我们健康的人比,和比我们强大的人比,和比我们富有的人比,我们钻进一个不停攀比的怪圈里,永远也走不出来。因为我们总是以走在我们前边的人为参照,从来不曾和自己的过去比较。直到有一天,突然病倒在床上,才猛然发现:当我们以死亡为参照,就会真切地感受到:活着,能够健康地活着,就是幸福!

你必有一样是出色的

母亲的抽屉

春节回家看望父母,到家第二天便是腊月二十三,俗称小年,按照旧式习惯,这一天要收拾屋子,扫去旧日灰尘,干干净净迎接新的一年。

父亲蒙上头扫屋顶上的灰,母亲围上围裙擦洗家具上的灰尘,却不让我动手。我闲着无事,就拉开柜下面的抽屉,收拾里面的杂物。收拾到最底层的第三个抽屉时,我惊奇地发现里面放着我的一张三好学生证书、一个旧塑料皮的笔记本和一个黑色的发夹。我打开那张三好学生证书,上面写着我的名字,是小学五年级时得的,里面的纸都有些发黄了,字迹也变得有些模糊,也难怪,算起来到现在已经20多年了,我自己早已记不得了,母亲竟然还保存着。那个笔记本和发夹,如果不是相逢在母亲的抽屉里,我简直认不出是自己的了!

无论时光怎样流逝,无论年华怎样更改,在母亲的抽屉里,总会保留着我们年少时用过的几件旧物,一直到她离开这个世界。

可是,在我们的抽屉里,曾否为母亲保留一样旧物?

乔迁之忧

一拿到新居的钥匙,就急着给好友打电话,约他们去饭店庆祝。

朋友问:"你发财了?"我说:"不是,是搬家了。""又搬了?你可真能折腾!"

也不怪朋友这么说,算一算,这是八年中第五次搬家。平均不到两年一次,从郊区搬到市中心,从一楼搬到十楼,连上几个新台阶。前几次搬家受条件所限,没怎么装修,这次搬家攒足了劲大兴土木,从里到外装个透,直到把口袋里的钱掏空,去找老爸拉赞助。忙了两个月,终于搬进新居,虽然透支了金钱与体力,可心里高兴,晚上睡不着觉,在房间里走来走去,想着自己多年奔波,从无房户到住简易楼,再到今天的两室两厅,真是天上人间,多年辛劳总算有个不错的结局,应该知足了。于是,喜由心起。

可惜,好景不长。因为搬家心切而成为新大楼的头批住户,对门和楼上都没人住,据说他们一个做生意,一个做官,因为人家有好房子住,所以不着急,姗姗来迟,光装修就花了三个月,我基本上目睹了他们从装修到入住的全过程,我的乔迁之喜也跟着变成了乔迁之忧。

白天不懂夜的黑,后来者不懂得先入者的苦。由斧头、锤子、锯组成的交响乐队上演的噪音交响让人永无宁日,听得心都快跳出来了。只好耐着性子每天早出晚归。好不容易盼到他们开始搬家具,心里松口气。可仔细一看全是高档的红木家具、进口真皮沙发,房间里面装修得更是豪华气派,相比之下,便相形见绌,顿时心里很受伤。昨天还为自己的拥有而自豪,今天却觉得不过小儿科。索性关起门,把自己关闭,可是关不住外面频频传来的汽车声。从阳台上往下望,看见对门一家从轿车上下来,迈着优雅的步子上楼来。你想能不优雅吗?从装修到搬家,人家只是来视察了几次,手指都没动一下,新家已张开双臂欢迎他们了。

　　那天晚上,在家待着发闷,出去散步。怕碰见乘专车回来的芳邻,我没有像往常那样围着新楼走,而是绕过新楼,顺着马路,向北边走去。一边走,一边听MP3,不知不觉走了很远,抬头一看,发现前面就是五年前我住过的旧居,从搬走再没回来过。我索性走过去,在万家灯火中搜寻那扇曾经熟悉的窗户,很快找到了,只见窗户上映出一个陌生的身影,弯曲着,不停地晃来晃去。停下仔细观望,原来是那家主人在弯腰擦地。身影消失了一会儿,又出现了,来回晃动,还在擦地。擦得真仔细,已是第二遍了。

　　我出神地望着,突然间醒悟:其实人世间的一切都没有止境,像房子、票子、车子、位子,有的人努力想丢弃的却是另一些人拼命争取的,生活本身并没有固定标准,人们常常是通过比较来给自己确定一些标准的。人类太喜欢比较了,又总是在比较中生出许多烦恼。无论从哪方面来看,住在封闭小区新式格局的宽敞房间都要比住一所狭窄的旧式公寓舒适得多,可偏偏新居周围住的都是比自己更优越更富有的局长、经理们,于是忧从中来。因为人们的比较都是从自己身边开始的,我们不会忌妒美国总统布什,也不会忌妒世界首富比尔·盖茨,尽管这两人是当今世界最有权和最富有的人。可是一旦我们身边某个人发财升官,我们就受不了,会一连几天忍不住地悲伤,恨不得他出点意外。

　　我深吸口气,自嘲地笑了笑,转身踏上了回家的路。在楼梯口,隐约传来仙乐一般的声音,我知道这是芳邻家进口音响的效果。我慢慢掏出钥匙,对准钥匙孔,用2/4节拍转动钥匙,打开门,从容地走进去。

你必有一样是出色的

大声地生活

那天,我领女儿上街,在一个书摊前选了两本书,手伸到兜里掏钱,突然碰到一只手,我吓了一跳,禁不住"哎"了一声,就见一个男人嗖地一下转身离开了,留给我一个穿黑色皮夹克的背影。女儿在旁边连忙问:"妈妈,怎么了?"

我小声说:"有小偷。"

女儿大声说:"在哪儿?快抓住他!"

我用手指了指那个背影,小声说:"就是他,不过没偷着,别吱声。"

想不到女儿冲着那个背影大声地喊道:"坏蛋,小偷,谁让你偷我妈妈?我给你告警察!"

我吓得用手猛拉女儿两下:"别喊了,你爸爸不在这儿,小心他来打我们!"

"他敢!有警察呢。妈妈,快把电话拿出来,打110。"女儿理直气壮地大声说。

我有些害怕地看看那个背影,生怕他回转身来打我们母女二人。可是,他没有,他走得更快了,走到街角拐弯处,急忙钻进胡同里,看不见了。我这才松口气。这时女儿拉拉我的手,生气地说:"妈妈,你为什么不报警察?你看你让他跑了,他又去偷别人了。"让她这么一说,我有些脸红,周围的人都看着我,我心里有些别扭,就冲她说:"你大声嚷嚷什么?"

"我就大声嚷嚷,好让坏人怕我们,你那么小声,好像我们是坏人似的!"

我望着才8岁的女儿,哑口无言。想了一会儿,只好说:"算了,算了,我们买了书走吧!"我又从兜里掏钱。想不到女儿拦住我,又冲那卖书人大声说:"我看见你刚才用那样的眼光看我妈妈,你肯定是看见小偷掏我妈妈的兜,可你为什么不说?你帮助坏人,我们不买你的书了!"说完,拉着我就走。我这才想起来,刚才小偷在我旁边,我和小偷正对着书摊,卖书人看着我往外掏钱,一定也看见了小偷正在掏我的钱。我不满地看看他,他也看看我,把头扭到一边去,什么也没说。我牵起女儿的手,大声地说:"走,我们不买了!"

我领着女儿上了公共汽车,女儿瞪着一双眼睛,东瞧瞧,西望望,好像在找什么。我拉了她一下,小声问她:"你干什么呢?"

"我看有没有小偷。"声音洪亮,传遍整个车厢。周围的人愣了一下,接着哄笑起来。

旁边一个小伙子逗她说:"就你这嗓门,有小偷也早让你吓跑了!"另一位中年妇女好心地说:"要是你真看见小偷,可别这么喊,他会打你的。"

女儿扬起脸,冲着他们说:"我就要大声喊,让那些坏人怕我们,让他们不敢再做坏事!"

我张了张嘴想说她却没有说出口。周围突然变得安静起来,人们都闭紧嘴巴不再说话了。车停了,我领着女儿下了车,走了两步才想起来忘了给女儿买票,回过身来看见那个平时总是凶猛地盯着小孩查票的女售票员冲我们友好地笑了笑,车就开走了。

我领着女儿在人群之中穿行,女儿还是那样,看见什么新鲜好奇的事就大声地说:"妈妈,你看前边那个叔叔梳着小辫儿!""妈妈,你看那个阿姨抱着小狗在亲它!""妈妈……"她就是这样爱大声说话。平常,她一开口,我这心就提到嗓子眼,因为不知道什么时候就冒出一句让你啼笑皆非的话来,而且越是有人的时候、越是人多的地方,她越说个不停,真是烦死我了!弄得每次领她出门前,我总要警告她:"不许说话!有话小声说,别让别人听见!"要是从前,像她这样大声嚷嚷,我早就警告她甚至威胁她了,可那天,我什么也没说,让她大声地说个够。

女儿赶上了中国第一代独生子女这班车,我这个独生子女的家长,既无参照,又无经验,也不知为什么她长成这个样子。去年,我送她回老家住了一个月,临走,我母亲对我说:"我把你从小养活到大,都没有带她一个月累!这孩子,太不听大人话了!"不听大人话,也许是所有孩子的共性,但从来没有像这一代独生子女们这样突出。在他或她面前,我们不再像我们的家长们那样任意挥舞权力的大棒,他们会举起他们的大棒来反驳我们,有时,甚至会打得我们一愣一愣的,这时候,我就想:也许我们大人的话,不一定就一定是对的,至少我们在使用声音这个问题上,就不如小孩子:我们对自己的孩子大声嚷嚷,对父母也曾加大过嗓门,对朋友同事也曾高声叫喊。唯独,面对危害我们的坏人时,却保持沉默。

分苹果的故事

一个人一生中最早受到的教育来自家庭,来自母亲对孩子的早期教育。美国一位著名心理学家为了研究母亲对人的一生的影响,在全美选出50位成功人士,他们都在各自的行业中获得了卓越的成就,同时又选出50位有犯罪记录的人,分别去信给他们,请他们谈谈母亲对他们的影响。有两封回信给他的印象最深。一封来自白宫一位著名人士,一封来自监狱一位服刑的犯人。他们谈的都是同一件事:小时候母亲给他们分苹果。

那位来自监狱的犯人在信中这样写道:小时候,有一天妈妈拿来几个苹果,红红绿绿,大小各不同。我一眼就看见中间的一个又红又大,十分喜欢,非常想要。这时,妈妈把苹果放在桌上,问我和弟弟:你们想要哪个?我刚想说想要最大最红的一个,这时弟弟抢先说出我想说的话。妈妈听了,瞪了他一眼,责备他说:好孩子要学会把好东西要让给别人,不能总想着自己。

于是,我灵机一动,改口说:"妈妈,我想要那个最小的,把大的留给弟弟吧。"

妈妈听了,非常高兴,在我的脸上亲了一下,并把那个又红又大的苹果奖励给我。我得到了我想要的东西,从此,我学会了说谎。以后,我又学会了打架、偷、抢,为了得到想要得到的东西,我不择手段。直到现在,我被送进监狱。

那位来自白宫的著名人士是这样写的:小时候,有一天妈妈拿来几个苹果,红红绿绿,大小各不同。我和弟弟们都争着要大的,妈妈把那个最大最红的苹果举在手中,对我们说:"这个苹果最大最红最好吃,谁都想要得到它。很好,现在,让我们来做个比赛,我把门前的草坪分成三块,你们三人一人一块,负责修剪好,谁干得最快最好,谁就有权得到它!"

我们三人比赛除草,结果,我赢得了那个最大的苹果。

我非常感谢母亲,她让我明白一个最简单也最重要的道理:要想得到最好的,就必须努力争第一。她一直都是这样教育我们,也在这样做的。在我们家里,你想要什么好东西要通过比赛来赢得,这很公平,你想要什么、想要多少,就必须为此付出多少努力和代价!

推动世界的手就是推动摇篮的手。母亲是孩子的第一任教师,你可以教他说第一句谎言,也可以教他做一个诚实的永远努力争第一的人。

作家的尴尬

那天中午,我正午睡,电话铃突然响了,是女儿。

"妈妈,《人生如下棋》是你写的吧?"

"是啊,怎么了?"

"太好了!我们上午语文考试,阅读分析题就是你这篇文章,让分析作者创作手法,写出中心思想。我刚才和同学说起这事,他们让我问你标准答案,你肯定知道。"

"嗯——"我沉思着道,"这篇文章是好多年前写的,什么意思我都有点忘了。再说,作家写文章,是有感而发,并不是想好一个中心思想再写。"

女儿不甘心,又道:"妈妈,我这样答的,你看对不对?这篇文章的中心思想是告诉我们,做人一定要有远见,不能只看眼前的利益。"

我一听笑了:"你回答得挺好,把我当时没想到的都说出来了。"

几天后,女儿放学回家,一进门就冷着个脸,我问她怎么了,她说那道阅读分析题她没得分,因为和标准答案不一样。她埋怨我说:"都怪你,我和同学打赌,说我的答案对,结果输了。"

我哭笑不得,安慰她说:"好文章是让人欣赏,给人启示,根本不应该有标准答案。你能独立思考,回答问题有高度,有意境,我给你满分好了!"

无独有偶,这件事后不久,一个周末,女儿在家做作业,又遇到同样的情况。

"阅读《母亲的存折》,分析这段话:母亲拿出一个小绸布包,<u>深深</u>地看了一会儿,<u>慢慢</u>抬起头,<u>缓缓</u>地道。作者在这段话中,连续用了3个叠词:深深、慢慢、缓缓,作者是什么意图?"

这篇文章也是我写的,于是,女儿向我要标准答案。我认真地审了一遍题,有些感触地说:"我写这篇文章时,根本没想到要用3个叠词,我也是现在才发现自己用了3个叠词,我这样做是什么意图?我想,是为了强调母亲此时的情感状态吧!"

可惜,第二天,作业交上去,女儿只得了一半分,因为还有一个意图——为了增加形式上的美感,没有回答。

女儿半是沮丧半是疑惑地问:"妈妈,这些题的答案是谁定的,连你这个作者都答不上来?"

我想了想:"肯定是那些出题的语文专家定的。真搞不懂他们,把语文当数学考!其实语文教学和数学教学不一样,不一定非要一个标准答案。我是作者,我最清楚,很多文章都是有感而发,是一个非理性的过程,不能要求学生用绝对理性的心态去分析、寻找答案,那些答案也并不是唯一的、不可替代的。一位名人曾说过:一千个读者心中,就有一千个哈姆雷特。只要意思相近、与题相符就可以。"

女儿赞同地点点头:"妈妈,你这些话应该跟我们语文老师说,我本来很喜欢阅读和写作,可现在一上语文课就烦,什么中心思想、段落大纲、写作背景,好好的一篇文章,弄得支离破碎,一点美感都没有,还不如做数学题,可以不带感情、找到公式做就是了。"

女儿的话，一语中的。以语文为基础的人文教育，旨在培养人的感性素质，而非理性素质，这是由以数学为基础的科学教育来完成的。人的感性素质和理性素质一样，需要经过培养、训练，有一定的发展过程。但是，由于我们长期应试教育的结果，学校只注重知识、智能——理性能力的开发，而忽视人文、艺术——感性能力的培养。语文教学越来越像数学，僵化，教条，长此以往，学生的分数提高了，学校的升学率也提高了，但是我们的孩子却失去了感受世界、感受美的人文情怀，这样的代价未免太大了。

你必有一样是出色的

名声是一件太重的行李

朋友的女儿自幼爱画画,颇有几分天赋,于是,朋友便送她去拜师学艺,学了几年,技艺大长,作品被送去参展并一举获奖。于是媒体纷涌而来,接下来一个月,父女俩几乎什么也不做,整天接待记者,谈话,录音,吃饭,已经接待了50多家媒体,从中央到地方,有些报纸连名字都没听说过。

按说,小小年纪便出手不凡,让媒体宣传一下也无妨,现在是信息时代,酒香也怕巷子深,那么多酒家,你不说谁知道好不好。可是凡事有度,如果整天陷于记者包围之中,不仅影响正常工作,甚至会产生自满、自我膨胀等负面作用,特别是对一个14岁的孩子,心理尚不太成熟,每天采访、上电视、签名售书,成人都会飘飘然,一个孩子怎保不会自我膨胀?

我把想法跟朋友说了,他听了很不以为然,反问我:"你知道为什么媒体一窝蜂地来采访吗?就是因为她14岁,如果是24岁获奖就不算新闻了,恐怕找他们来都不来。所以我要抓住时机,充分借助媒体的力量,让她一举成名。张爱玲不是说过,成名要趁早嘛。"

我叹了口气,不再说什么。

张爱玲的文章,不用说自然是好,但她说过的一些名言,却要商权。别的不说,一句"成名要趁早",不知误导多少天下人。我们知道,张爱玲年纪轻轻就成为上海滩走红的作家,她一生最好的作品都是在25岁以前写成的,对她来说,"成名要趁早"倒是一句实言。但是,如果进一步探究就会发现,张爱玲的25岁不同于普通人的25岁,她的心理年龄怕是50岁不止。

了解张爱玲的人都知道,她是清末著名"清流派"代表张佩纶的孙女,前清大臣李鸿章的重外孙女。如此显赫身世,并未给她的童年带来多少欢乐。纨绔出身的父亲和深受西洋文化影响的母亲性格多年不和,终于在张爱玲10岁那年分道扬镳。生性执拗的张不讨继母喜欢,有一次被继母陷害而遭父亲毒打,被独自关在地下室十几日,小小年纪便尝尽世态炎凉,所以也就不难理解,她竟如此早熟——4岁就以怀疑的目光看世界,8岁读《红楼梦》《三国演义》,13岁发表第一篇散文,20岁出头便走红文坛。表面看她确实早早成名,但剖开表层往深里看,就会发现,张爱玲其实从未年轻过!她年轻的身体里跳动的是一颗已经看过红尘的老人的心!也正因如此,她才能不为盛名所累,在闹世中辟一静地,安身立命,独自行走在自己的幽静小路上。

古今中外,能像张爱玲这样不为名声所累的人真是太少了。绝大多数少年有成的才子才女都没有她那样的定力,不能好好把持自己,或轻狂自傲,或贪图享受,让名声毁了自己。

名声是一件太重的行李,太早得到了,一定背不动,反而把自己压倒,跌入人生的谷底。就算能爬出来,也是伤痕累累,大失元气。所以,还是把心放平,尊重自然吧。人生有如四季,少年奔放如春,青年火热似夏,中年成熟如秋,晚年清冷似冬。每个季节有每个季节的使命,每个季节有每个季节的景色。如果想求速成,省略一个季节,那样的人生即使不是灾难,也是一场悲剧。

你必有一样是出色的

细节决定成败

他是20世纪初叱咤华尔街的金融投资家。与许多投资者不同，他的工作方式不是坐在办公室看大盘，或仔细研究上市公司的盈余统计报表。在他看来，这些数字并不代表事实和确定无疑的东西，他坚信只有靠自己问问题，用自己的眼睛观察，才能掌握事实从而做出正确决策。

他最成功的一个案例，是把当时牛气冲天、被众多投资者和股民看好的爱可森公司股票抛掉，转而购买德拉瓦铁路公司股票，当时这只股票业绩平平，几乎不为人所知。因此可想而知，他的这一举措引起众人的非议与质疑，但后来的事实证明，这是一次具有前瞻性的英明之举，足可以写进华尔街历史。

许多年后，人们谈论这次成功的换股操作，总是忍不住问，是什么原因促使他这样做。

"原因很简单。"他解释说，"我去拜访爱可森公司总裁，了解公司运营情况。这位总裁先生拿出资料给我看，说公司经营多么好，财务多么健全。他一边向我解释，一边从桃花心木办公桌上的文件格里，抽出几张信纸——那是高级的重磅亚麻纸，上面印有精美浮雕的花色图案。这种纸价格昂贵。而总裁写下几个数字,说明公司赚了多少钱,如何降低营业成本,然后就把那张昂贵的信纸揉成一团,扔进纸篓。过了一会儿,他想说明公司为了增加效益而推行一项举措,又顺手拿起一张有精美浮雕的信纸,写下几个数字,又揉成一团,扔进纸篓。很多钱就这样被浪费掉了。我当时就想:如果公司总裁是这样的人,很难想象他手下会有一支厉行节约的团队,也很难想象如何推行他所说的降低运营成本、增加生产效益之举措!于是我决定卖掉我所持有的爱可森股票。"

几天后,就在他卖掉爱可森公司股票,正准备为手中的资金寻找"下家"时,他因为一个偶然的机会,去拜访德拉瓦铁路公司总裁。

"当我走进办公室时,总裁正在拆信。我注意到,他没有把信封随手丢到纸篓,而是从接缝处撕开,当我向他提问题时,他就在信封背面的空白处写下数字。我这才发现,他的办公桌上有许多这样的信封。后来我知道,这是他的日常习惯,每次信件分类拆开之后,信封不丢掉,而是收集起来做便笺用。他不但自己这样做,还下令公司各部门都这样做。这与那位用精美浮雕信纸的爱可森总裁真是鲜明对比!与总裁分手后,我一分钟都没耽误,尽我所能买进德拉瓦铁路公司的股票。"

几个月之后,爱可森公司陷入破产清算的困境,公司股票就像尼亚加拉瀑布,一泻千里。而德拉瓦铁路公司的股票翻了一番,又翻了两番,成为华尔街最坚挺、最受投资者和股民喜爱的绩优股。

你必有一样是出色的

剃刀边上的血

两年前,我在北京一家很有名的大报做记者,工作环境非常舒适,出去采访有轿车接送,每到一处有酒宴招待,还时常有礼品或礼金赠送,收入相当于外企白领却不必承受他们那样的心理压力,很多人都羡慕我,但是我做得并不开心,因为这一行我已经做了5年,最初的激情已渐渐消失在日复一日的公文式写作中,每天坐在电脑前,一想到这些文字见报后即被人遗忘,我就感到无限悲哀。有时候真想辞职回家搞自己喜欢的文学创作,但又有些舍不得这份报酬优厚的工作。

那段日子,我情绪非常低落,就借工作之便回到故乡小城。到小城的第二天,我去拜访父亲的一位朋友,他是一位出色的外科医生,也是一位很有见地的思想者,两个月前他从医院退休外出度假,刚刚回来。一见到他,我立刻就想到我父亲。一年前父亲退休时,我曾劝他外出旅游,他也很想去,可最终还是没能成行。理由很简单:他怕花钱。父亲退休后,最大的变化是花钱节省了,总是担心退休金不能按时发放,物价还会再涨,所以不敢花钱,怕钱包空了没有安全感。我想辞职的事没有和他说,我知道他一定会反对的。

"你好像有什么心事？说说看。"

没等我开口，他已经觉察出我有话要说。我就把自己想辞职专心写作，又担心失去稳定收入，没有安全感的心事向他道出。他听了，没说什么，只是微微一笑，抬起手指了一下自己的下巴。我看见那上面有一处指甲长的刀痕，渗着一点血迹。

"剃刀划的。"他自嘲地笑笑，解释说，"今天早晨我想刮胡子，可怎么也找不到常用的电动剃须刀，可能是忘在宾馆里了。只好找来这只好久不用的剃刀，结果刮破了下巴。"

"怎么会？"我瞪大眼睛奇怪地问，要知道，他可是一位非常出色的外科医生，握了30年手术刀啊！

"是啊！我当时握着那把剃刀，看着上面的血，非常感慨：我是一名外科医生，做过无数次手术，从未出过错。这把剃刀其锋利不及手术刀的十分之一，我却割破了自己的下巴！"说到这儿，他停下来，看着我，问，"你知道这是为什么吗？"

"为什么？"

"因为——我曾经是一名外科医生，你记住：曾经是，现在不是。我已经从外科医生的位置上退下来了，我已经两个月没有拿手术刀了，所以才会在今天早晨刮胡子的时候刮破自己的下巴。"说着，他起身出去，不一会儿又返回来，手里拿着那把剃刀，"许多人生活在这个世界，都想要寻求一种安全感，可是，什么才是安全呢？有时候，你以为是安全的，其实并不安全。就像这把剃刀，有一天它上面会沾上你的血。你说它是安全的还是不安全的？所以，这世界上根本没有绝对的安全。你想要获得安全，途径只有一个：就是学会操纵刀的技能！"

从小城回来后不久，我就辞去报社的工作，回家专心写作。现在，我每月的稿费收入比昔日同事工资的两倍还多。

你必有一样是出色的

为自己写墓碑

菲尔特已经失业两个月了,寄出的求职信都没有回音,银行里的积蓄眼看就要用完了,为此,他不得不节衣缩食,整天忧心忡忡,提心吊胆。有时夜里被噩梦惊醒,呆呆地坐在床上,内心涌起一种买一把枪把布莱恩——那个解雇他的可恶上司——干掉的冲动。但是理智告诉他,不能这么做,这会把他送进监狱的。

这一天,菲尔特像往常一样,一大早就跑去开信箱,看有没有自己盼望的信。信箱里除了账单,只有一封信,但不是来自某个大公司的信函,而是一封私人信件。打开一看,是一位久未联系的儿时好友。信中说,他们的小学老师伍德先生退休了,他联系了班里的同学,想利用圣诞节的机会,为老师搞一个小型庆祝会,希望他能参加。

菲尔特把信扔到一边,他现在哪有心情参加什么聚会,他需要的是工作!但是转尔一想,回去散散心也好,说不定那些已升为主管的同学,会为他提供一个工作机会呢。

带着几丝惆怅、几许感慨,菲尔特回到故乡小镇。一见面,大家先是寒暄、问候,然后,伍德老师被请上台,他做了一个简短的讲话,然后拿出准备好的圣诞礼物——每人一张贺卡,里面夹着一封信。

菲尔特接过自己的一份,打开一看,一下怔住了,一瞬间,他的思绪回到了30年前……

那是毕业前最后一堂作文课——为自己写墓碑。伍德老师先给大家放了几张幻灯片,第一张是肯尼迪总统的墓碑:

"Ask not what your country can do for you, Ask what you can do for your country.(不要问国家为你做什么,问你能为国家做什么。)"

另一张是布朗先生的,他虽然不像肯尼迪那么伟大,那么著名,但镇上的每一个人都认识他。他是校车司机,每天接送镇上的孩子们上学、放学。有一天,在上学的路上,他心脏病发作,他应该做的事是立即停车,静静地躺下,一动不动,这是挽救自己生命的最好方式。但是他没有。他不能把满载幼小生命的车停在路上,停在危险的车流中,他强忍病痛,把车开到路边僻静处,打开车门,回身说了一句:孩子们,下车吧——这是他每天对孩子们说的话,也是他留给这个世界的最后一句话。后来,镇上的人们把这句话刻在他的墓碑上。

看完幻灯片,菲尔特被深深地感动了,他提笔写下自己的墓碑:菲尔特,生于1969年,死于2050年,他是一位作家,在81年的生命历程中,写下了许多感人至深的故事,代表作是《布朗先生的车》。

读着"自己的墓碑",菲尔特泪眼朦胧,30年了,没想到伍德老师还完整无缺地保存着。如果不是今天看到,他早已忘了,忘了自己当年亲手写下的墓碑,忘了自己当年有过一个当作家的梦想!

"唔,亲爱的菲尔特,以前我一直很忙,现在退休了,我想我终于有时间看《布朗先生的车》了。"不知何时,伍德老师走了过来,俯身轻声说道。

菲尔特羞愧地低下头:"对不起,老师,我还没有写,我以前也是一直很忙,现在,现在——"

菲尔特没有勇气把下面的话说出口。伍德老师用耐人寻味的眼光看着他，意味深长地道："我知道，你现在有时间了，正好可以试着把它完成。"

菲尔特心中一震，是呀，现在自己失业了，有大量的充足时间，为什么不试着把它完成呢？

菲尔特回到纽约，把原来的房子卖掉，用不到四分之一的钱，在郊区买了一处住宅，又添了一台电脑，开始了他的写作生涯。一年后，他的书出版了，但是在浩如烟海的图书中，没引起什么反响。又过了一年，他完成了第二本书，依然反响平平。他又埋头第三本书的创作。他知道，也许这一本也像前两本一样，默默无闻，也许他一生都这样默默无闻，但又有什么关系呢？能否成为大作家并不重要，重要的是他在写，他在写作中找回了童年的梦想，找到了生活的方向。这就够了。

带着微笑上路

那年夏天,我去西安参加笔会。赶上暴雨,停机坪积满了水,飞机无法降落,所有的航班都延迟。我坐在候机大厅,周围挤满了乘客,有的打电话联络亲友,有的质问空姐何时起飞,更多的是发牢骚,埋怨机场服务不周,不及时通报消息,不供应饮料和晚餐。大家吵闹不休,乱哄哄的像农贸市场。

我百无聊赖,去附近超市买了一本《读者》,然后去茶座点了杯饮料,坐在那儿漫不经心地读着,消磨时光。我不时抬头看看表,已经晚上8点了,5点的飞机,如果不是暴雨,现在已经到西安了。

我打电话给朋友,告诉他不用去接了,还不知道何时起飞。可是他执意要接,让我一有消息就给他打电话。我去咨询处查问航班,可前面围满了人,根本过不去。我问旁边一位乘客,他说积水刚清理完,飞机可以降落了。机场正安排调度。

好不容易又熬过一个小时,机场大厅开始广播航班消息:某某航班已经降落,请乘客们准备登机。某某航班延迟到明天,请乘客去大厅门前集合,机场安排住宿。唯独没有我的航班消息。我下午4点到机场,已经等了5个多小时,朋友还在那边等着接我,而我现在连航班几点都不知道！我郁闷透了，心情坏到极点。

我强按捺住心中的怒气，戴上MP3，一边听音乐，一边看《读者》。我翻开一页，是一篇译文《微笑》，只读了几行，就被吸引住了。

故事是用第一人称写的，发生在"二战"时，作者是一名飞行员，在一次战斗中不幸被俘，关在单人牢房。第二天，他就要被处决。想到自己的生命已进入倒计时，绝望和恐惧占据了他的心灵。他想抽支烟，稳定一下自己的情绪。他翻遍衣服上的口袋，感谢上帝，总算找到一支皱巴巴的烟。但是没有火柴。

铁窗外面有个士兵，是看管他的狱卒。他壮着胆子向他借火。士兵冷冷地看着他，也许是出于对濒死者的怜悯，他掏出火柴划着火递上前去。

在黑暗的牢房中，在微弱的火柴光下，两人的目光撞到一起，他不由自主地咧开嘴，冲士兵微笑了一下。因为他们离得太近了，在那样近的距离，他不可能毫无表情，他不由自主地微笑了。士兵惊讶地看着他，嘴角不大自然地往上翘了翘，也露出了微笑。

就是这个简单的微笑，让他们身上残存的人性复发，他们不再是穿着不同制服的士兵，不再是分属两个营垒的敌人，而是有着同样血肉之躯、同样思想和情感的人！他们像朋友一样聊了起来，聊自己的家人、孩子。他从皮夹里拿出妻子和孩子的照片给士兵看。士兵也拿出自己和家人的照片给他看。士兵告诉他，再过几个月就能回家看孩子了。他再也忍不住，满含热泪地说：你命真好，可我再也不能回家见我的亲人，亲吻我的孩子了……

就在这时，奇迹发生了，士兵竖起食指，示意他别出声。他巡视了一圈，悄悄返回，掏出钥匙，打开牢门，把他送出监狱后门……

这是法国作家哈诺·麦卡锡的作品，根据他的亲身经历写成。

我深深沉浸在故事里,丝毫感觉不到周围的喧闹,仿佛一切都静止了。

一个生命就这样被挽救了,这一切仅仅是因为一个微笑!

微笑,是人与人之间最自然的沟通,是心灵深处盛开的花朵,它传递着人类朴素的情感,闪烁着人性特有的光辉。如果我们每个人都能敞开心扉,用微笑去面对彼此,那么,世界将永远充满爱,永远不再有悲伤、仇恨,也永远不再有战争、杀戮!

微笑是播种机,洒向人间都是爱。微笑是通行证,它从心灵出发,抵达心灵。

雨还在下,我的心中却充满阳光。

航班依然没有消息,但我不再郁闷烦恼。我知道,不管飞机延误多久,我都会带着微笑上路。

你必有一样是出色的

那一年,他丢失了指南针

他喜欢打猎,每年休假都外出上山打猎,有时一个人独自去,但大多数时间是和朋友结伴去。这一年,正好他的堂兄和他一起休假,他们俩就约好一起去。他们准备好行装,乘车去了北部大森林。

这是一片原始森林,一望无际,树木茂密,每一棵树木都比他们的年龄长,是非常好的捕猎地,有许多野兔、山鸡之类的小动物,引来许多游人。但是据当地的人说,林子里也有虎、狼这些凶猛的动物,所以来这里打猎的人一般都结伴而行,一般不去林子深处。

他和堂兄进到林子里,一路上,两个人结伴而行,寻找猎物。进山的第三天,他们一大早就打到了一只野鸡,紧接着又发现了一只野兔,可是野兔也发现了他们,撒开腿拼命地奔跑,他们就在后面追,和野兔在大森林里赛跑。追了很远,最后他们累得实在跑不动了,才停下来,坐在地上休息了一会儿,然后顺着原路返回。到了中午时分,他们还没有回到宿营地,按走的时间推算,他们早该到了。一定是走错路了!他们又返回去找,他们努力回想,凭着记忆,走过一片片树木,寻找他们的宿营地。可是直到天黑,他们还没有找到,他们知道自己彻底迷路了。他们内心充满了恐惧,他们带的指南针、水和食物都在宿营地里的背包里。在这样的原始森林,如果没有指南针,是很难走出去的!

天已经完全黑下来了,他们相互依偎着在树下熬过难挨的夜晚,想着如何走出大森林。他们内心很清楚,他们现在唯一的财产就是早晨出来时每个人随身带的一壶水,而要走出大森林就全靠它们了。第二天他们早早起来,看着日出,辨别方向,然后开始向南走。他们希望这是真正的南向,因为只有向南走,才可以走出这片大森林,才可以回家。

中午的时候,两个人又累又渴又饿,坐下休息一会儿,喝了一口水,然后继续走。走了一会儿,看到前面不远处大树旁有一团黑乎乎的东西,走过去一看,发现是一个人。一个满脸皱纹和他们父亲年纪相仿的老人。老人紧闭着双眼,躺在大树下。他蹲下身把手放到老人的鼻孔,发现他还活着。"看样子是和我们一样来这里打猎迷路了,大概是饿昏了。"他回头对堂兄说,然后拿出身上的水壶,想扶起老人给他水喝,堂兄把他拦住了。

"不能给他喝。我们只有这一点水,还不知道能维持几天。再说,你知道他是什么人?你知道我们救了他,他会不会把我们俩杀了抢我们的水喝?你没听说过农夫和蛇的故事吗?我们还是走吧。"

堂兄起身拉着他就走。他回身望了老人一眼,想想堂兄说的话也有道理,就跟着堂兄走了。可是,他越走脚步越沉重,眼前总是浮现出那个昏倒在树下的老人那布满皱纹的脸。每向前走一步,他的心就像被什么东西割一下似的难受。终于,他再忍不住了,停下来,对堂兄说:"我们应该回去救那个老人,我们遇到他不去救他,就等于是我们杀死了他。"

"可是我们自己还不知道能不能活着走出去,我们救了他,就算他不会害我们,也会拖累我们,最后可能大家都得死。"

"可是如果我不回去救他,即使能活着出去,我的良心也会谴责我,我一辈子都会为这件事受折磨。我决定还是回去救他。"

"要回去你一个人回去吧,我是不会回去的。"堂兄坚定地说。

他看了堂兄一眼,转过身,坚定地沿着刚才走过的路往回走,找到那个昏倒在树下的可怜老人,轻轻地扶起他的头,把壶里的水一滴一滴倒在他干裂的嘴里。

过了很久,老人终于醒过来了。他慢慢睁开眼,充满感激地望着他。

接下来发生的事,出乎他的意料:老人不是从别处来这里打猎的,他是一名向导,他从小就生活在这片大森林里,熟悉这里的每一片树木,为许多来这里考察的地质学家、打猎的游人带过路,他是这里唯一一位不用带指南针而能穿越这片大森林的人。

老人醒来后,带着他很快就走出了大森林。而他的堂兄,却永远留在了这片大森林,他再也没有见到他。

一个人的良心,就是他最好的指南针。一个人只要按照良心指引的方向前进,肯定不会迷路,肯定会有路可走,肯定会有光明的前途。

细节考验

有一家新建的酒店在报纸上打出招聘广告,因为待遇优厚,报名者踊跃。初试、面试后,数百名报名者只剩下30多名。可是酒店只要20名员工,而酒店下星期就要开业,酒店主管需要尽快选出20人,培训一星期后上岗。主管把这30人都召集来,一一谈话,凭良心说,这些人条件都差不多,没什么差别。多出的10名不知道应该去掉谁。

主管想了想,灵机一动,就宣布说:"为了庆祝开业,今天我代表酒店请大家吃顿饭。"

30人围坐在一起,第一道菜上来了,是红烧鲤鱼。鱼很大,一条鱼铺满了整个盘子。开始的时候,大家都很拘谨,不好意思吃,主管就带头拿起筷子,在鱼背上夹了一块肉,说:"大家随便点,以后我们就是一家人了,每天都要在一起工作,一起吃饭。不要客气。"

主管一发话,气氛就活跃起来,大家拿起筷子,开始吃鱼。有人夹鱼背,有人夹鱼头,有人夹鱼尾。有的人一次夹一大块,有的人一次只轻轻一点。一条鱼正面很快就吃完了。

第二道菜又上来了,是清炖黄鱼。鱼很小,十几条才装满盘子。

有的人上来就夹条大的,吃得很快,鱼肉没吃净就连鱼带刺吐出来,有的人只夹小的,吃得慢而细,把鱼肉吃净再吐出鱼刺。

接下来的菜有炒菜、凉拌菜、三鲜汤,大家各取所好,有的规规矩矩,只吃自己眼前的菜,有的毫不客气,伸长手夹别人眼前的菜,有的兼顾全席,桌上的菜每样都吃一点,有的挑挑拣拣,只夹自己喜欢的菜吃,有的吃饭静悄悄,有的喝汤"嗞嗞嗞",有的把碗里的饭吃得一粒不剩,有的把饭粒掉在饭桌上。真可谓百态众生,都被主管尽收眼底。

第二天,酒店把用人名单公布给大家。有一位落选者很不服,就质问主管:"大家条件差不多,你又没有加试,凭什么选人?"

"怎么没有加试?昨天晚上我请你们大家吃饭时,我对你们每个人都一一测试了。我选人的原则很简单:那些在餐桌上吃鱼头鱼尾、吃小鱼,不挑挑拣拣、不掉饭粒、知道兼顾别人的人,我相信他们会成为酒店的好员工。"

落选者想起自己昨晚在饭桌上的表现,有些发窘,但又马上为自己辩解道:"这都是些生活细节,怎么能用它来检验一个人呢?"

主管看着他,反问道:"生活的细节,加起来不就是人生吗?我想一个在饭桌上只顾自己的人,在工作中是不会首先想到别人的。"

购买时光

因为报名参加一位外教主讲的企业管理培训,所以这周末不能像往常那样睡懒觉,早早起床,赶车去听课。可是紧赶慢赶,还是迟到了10分钟,我知道外国人时间观念很强,所以心里很过意不去,悄悄进去在最后面找了个位置坐下了。讲师是位从新加坡去美国的华人,姓张,在美国、中国香港等地的国际著名大企业做过高层领导,讲一口流利但发音有些生硬的国语,但课讲得非常好,既有理论深度又很生动,据说他在国外讲课做咨询是按小时付费,每小时费用高达一百多美元。此次来连做为期三天的讲课咨询,主办单位要付他两万元人民币。相当于国内讲师一年的工资。

下课时,张先生走下讲台,来到我身边,微笑着问我:"听得懂吧?前边的课我先讲了企业战略管理的三大部分,然后再展开结合案例讲。你没听到的可以现在问。"

我有些不好意思地笑了笑,我以为他不会注意到我来晚了:"对不起,路上塞车,晚了一会儿。"

"啊,没关系,没关系,您不用向我道歉。真的,我的时间已经被您购买了,由您支配,您是完全的时间拥有者,我要尽可能地为你们服务。"张先生习惯地打着手势说。

我看着他,半认真半开玩笑地说:"如果您在我们中国当老师,我敢说您会是最受欢迎的人。"

"是吗?我在新加坡长大,在美国读大学,我们自己选专业、选课、选讲师,选课前我们可以试听所要选的讲师的课,选定后付足一学期的学费、教材费,什么时候去听课、什么时候走或根本不去,老师一律不管,他只管备好课,哪怕只有一个人来,他也必须认真地讲,因为他已经被购买了,他要全力讲好,服务好,只有这样,他才能继续被购买。我到过你们中国的一些大学,我很奇怪你们每次上课都点名签到,有的学生不来上课还要托病或者让别的同学代他签到,我不能理解,因为大学不是义务教育,你们是付费来学习的,老师讲的课已经被你们购买了,你们来晚了或者不来损失的是你们自己,就像到商店付钱买东西却没把东西拿回家,难道还要让商店和销售者道歉?"

我看着他脸上的疑惑,刹那间明白了我读了十几年书、工作了十年都没有弄明白的一个道理:其实我们一生不过是一个不断购买和不断销售的过程,看起来我们购买和销售的物品很多,但是一切物品归根结底最终都可以核算为"占有时光",我们购买别人的时光,销售自己的时光。我们唯一的财富,就是我们拥有的一生的时光,生命就是一个渐渐消失的量化指标,每一次报晓的雄鸡长鸣,我们的财富就又减少了一个点,许多人不成功,是因为他本身就是一个"浪费时间因素"。衡量一个人成功的标准就是在一个标准的时光销售过程中,你赢得或创造多少价值,这个量变的曲线,清清楚楚描绘出你生命的价值,是你存在的证明。

从身边最近的地方寻找快乐

几位好友聚在一起,不免要盘点过去,规划未来。

我说:"我最大的心愿是明年去沙漠里走一走。"

雯想了想,说:"我的心愿比较多,去阿尔卑斯山滑雪,去卢浮宫看画,去维也纳听音乐,最好都能实现,要不,实现一个也行。"

晓明说:"我的心愿可没你们那么复杂,我希望明年这时候我们大家还能坐在一起,有酒有菜有话说,快快乐乐。就行。"

我们大家就批判他:这算什么心愿哪!明摆着,身边的事,随时都可以实现。

"对呀,我要的就是这种身边的快乐,随时都能得到,不像你们,像星空一样遥远。"

这话有点哲学味道。其实生活中有许多奇怪的哲学,比如说,几乎每个人都计划着去远方,熟悉的地方没有风景,许多时候,我们的心过于向往那些遥不可及的良辰美景,而对身边唾手可得的风景视而不见,也正因如此,我们才会对身边的生活生出种种的不满,没有塞纳河畔的歌声、没有香榭丽舍大街的浪漫、没有凯旋门的壮观……如果这样顺着找下去,一定还会找出许多个"没有"。当我们整天想着这些"没有"时,我们又怎么会有快乐呢?

晓明一直生活在哈尔滨,还是他在哈工大读书的时候,在电视上看了一个介绍大连的风光片,于是他就像着了魔似的想去大连看海,整天哼唱着《大连好》。一年暑假他和一位家在大连的同学一起乘火车来大连,在大连玩了一个假期,才恋恋不舍地回哈尔滨。回校后,本来想报考哈工大研究生的他,把志愿改成了大连理工大学。

"如愿以偿来了大连后,我特高兴。可是当我不需要乘火车,每天乘两站地汽车就可以去看海时,我却不怎么去了。即使看到海也再不像从前那么高兴了。去年冬天我回哈尔滨,飞机降落时天空正飘着雪花,我身后的几位乘客一下飞机高兴得手舞足蹈,伸出手接雪花。50多岁的人了看上去简直像个5岁的孩子。他们告诉我:他们是特意从台湾来雪城看雪的。

"我站在那儿看他们戏雪,和他们一起看雪,那是我第一次认认真真地赏雪,从小就生活在雪城的我,从没想到雪也是一道风景。就在那一刻,我突然明白了一个道理:人总是向往他所没有的,而不珍惜他已经拥有的。所以每个人都曾有个计划:去远方。可是并没有认真地想过:远方有多远? 我们的近处也许就是别人的远方!"

我以为精致的生活是那些"遥远的快乐",直到我发现,身边熟悉的风景就是别人眼里遥远的陌生,我才知道错过了什么。

我一直都在错过:从身边最近的地方寻找快乐、享受快乐的好时光!

向着灯光走

初秋时分,我们几位报界同行在旅游局一位主任的陪同下前往古城旅顺,去老铁山灯塔——这座被联合国定为世界上百年历史的古老灯塔。车子一直开到灯塔下,下了车,抬头望去,只见蓝天白云下高高矗立着一座上尖下圆的灯塔,白色的塔身在绿色树丛中闪着熠熠的白光,丝毫没有百年沧桑的印记。灯塔始建于1892年,至今已有106年,是由法国人设计制造、英国人安装建成的。塔身高14.2米,外径6米,射程25公里。塔里的灯是水银浮槽旋转镜机,八面"牛眼"透镜是由法国人用手工磨制而成的水晶玻璃制成,一尘不染,洁净透明,可清楚地看见里面的红布。

我有些不解地问:"用红布做什么,红色不是停吗?"

同去的杨子说:"因为红色波长,射程远。"

主任笑笑说:"据说,这是因为光柱太强烈,如果不用红布过滤一下,会灼伤人的。"

来之前朋友告诉我,站在灯塔下往下望,可以看见一条非常分明的黄海、渤海分界线。可惜今天风太大,我们看不清楚,只见海水不停地拍打着岩石,激起无数浪花。两位摄影师兴奋地说:"今天浪花太美了,我们到下边拍照吧!"我忍不住拍手叫好,这时,主任把目光投向杨子,杨子轻轻摇下头,说:"没事,你们去吧,我待在车里。"

我们绕到山下,沿着弯弯的石径走到海边,两位摄影师对着浪花频频摁下快门,我一边观赏浪花,一边捡些石头往海里扔。过了一会儿,主任走下来,催促我们快点。我们正在兴头上,还想再待会儿。主任犹豫了一下,说:"你们不知道,杨子的丈夫在香港一家船运公司工作,三年前在海上遇到罕见的百米巨浪船沉没了。"我们几个互相看看,默默地收起相机。

杨子一个人蜷缩在车上,闭着眼睛,好像睡着了。我们一上车,她睁开眼,道:"哟,这么快就拍完了。"我们默不作声,不知该说什么好。杨子看了看主任,有些明白了,有些过意不去地说:"你们喜欢就再多拍几张,以前我也挺喜欢的。"

我们一行离开灯塔,此时,暮色渐临,回身望去,只见山顶的灯塔旋转着红色光束,这温柔的神秘的旋转了 106 年的红色光芒,正深情地照耀在茫茫大海上,照耀在人们归航的路上。刹那间,一种温柔的感觉包围了我。

我们不再像来时那样有声有色,归程显得沉寂了许多,也显得漫长了许多。仿佛过了许久,才驶到市区。杨子先打破了车上的寂静:"前面拐弯处停一下,我到了。"

车子停下来,杨子说了声"再见",就下了车。我们大家想说些安慰的话,又怕引起她伤心,就什么也没说,一起随她下了车。杨子朝大家一笑,用手指指前面的楼:"瞧,三楼那个亮着暗红色灯光的窗子就是我家,有机会请各位到我家做客。"

我朝窗子望了望,脱口而道:"噢,你家有人回来了!"

"没有。"杨子轻声说,"我不相信他真的走了,也许他漂到哪个孤岛上,像鲁宾逊一样,说不定什么时候会遇到一艘船,然后乘船回来。所以虽然单位照顾我分了新房但我一直没有搬,我每天上班离家时都让灯亮着,我想我不在家的时候,假如他回来,灯光会告诉他我在,他就会上楼回家。你们也许会笑话我,我是不是太傻了。"

听着杨子那温柔深情的声音,我们所有的人都被她打动了。我们几乎齐声说:"不,你一点儿都不傻,你真是太聪明太可爱了!"

我眼中含着泪花与杨子挥手,此时,我比任何时候都想立刻回到家。我气喘吁吁跑上楼,打开家门,来不及脱去外衣,把屋里所有的灯都打开,在心里一遍遍默念着那个熟悉的名字:请你,请你向着灯光走,这是世界离你最近的地方……

你必有一样是出色的

幸福的门槛

朋友乔迁新喜,星期天约我去他家玩。新居装饰得豪华典雅,一进门,是一个30平方米的大厅,宽敞明亮,摆放着红木家具、高档电器。左侧是两间卧室,大人孩子各一间,杏黄色的落地窗帘一直垂到木色地板,温馨怡人。右侧是一间书房,一面墙是书柜,对面是电脑桌、装饰射灯,书房连着阳台,阳光从窗子射进来,照在光亮的地板上,很有种现代家居的格调。厨房和卫生间,也都很现代,充满时尚感。

看朋友的新居,再看朋友阳光灿烂满脸幸福的样子,很自然就联想到自己的。一想到自己那只有几十平方米的旧式蜗居,心里就有一种说不出的失败感。什么时候,我才能有这样宽敞气派的大房子?

从朋友家出来,我没有像往日那样急着回家。而是绕道去了滨海路。沙滩上游人渐少,我漫无目的地在沙滩上漫步,不时踩到一些游人丢弃的纸袋垃圾。走着走着,突然旁边传来一个声音:"阿姨,请你绕到旁边走好吗?别踩坏了我的城堡。"

我转过头一看,一个小男孩坐在沙滩上堆沙子,旁边已堆好了几座小山,每个小山顶上插着一个冰果棍。我一看,忍不住笑了:"哟,这些小房子都是你的!"

"它们是城堡,阿姨。"男孩骄傲地说。

"对,是城堡,你就住在这里,是吗?"我蹲下身,看着他堆城堡。

"不是住,是拥有!"男孩仰起纯真的小脸,看看我,很幸福的样子。

落日的余晖映照在海滩上,泛着红色的光芒。我望着男孩和他的城堡,有些感慨:人类的欲望是与生俱来的,我们从小孩子起就知道拥有是一种幸福,会用我们拥有的物质的多少来比较我们幸福的程度。可是小孩子的幸福来得简单,在沙滩上堆一个城堡就很幸福了,而我们大人想要的幸福总也达不到:有60平方米就想,住100平方米的房子才算幸福;有一处房子的想,看人家有两处多好!很多时候,我们感觉不到幸福,是因为我们把幸福的门槛建得很高,把自己挡在了幸福门外。

你必有一样是出色的

爱我就请搭火车

1998年,法国电影导演帕特里斯·夏洛尔执导了令世人瞩目的《爱我就请搭火车》,影片取材于他和朋友的亲身经历,片名是他一位朋友的原话——当时住在巴黎的他,想死后埋在小镇利马汤的墓地里,利马汤距巴黎有4个半小时的火车车程,如果那样的话,亲朋好友都要长途跋涉去参加他的葬礼,这对一向慵懒、散漫、喜欢享乐的巴黎人来说,无疑是一道难题。当别人对此表示质疑时,那位朋友便说"爱我就请搭火车"。

我喜欢这部电影,也喜欢这个给导演以灵感、给观众以遐思的片名,大概也只有法国人才会有这样的想法,看似荒诞,实则蕴含着对生命、爱与死亡的深刻理解。我们常说,距离产生美,但距离却是爱的杀手,许多看似坚挺的爱,最终却抵挡不了距离的阻隔。更多时候,人们还是选择最近的爱。想一想身边的人,他们有多爱你?如果有一天当你辞别人生,他们会不会抛开手头忙碌之事,甘愿乘4个半小时的火车,去参加你的葬礼——给你这个生命的最后礼物,而明知你已无法回报?

不知怎么,这部电影让我想起一位偶然认识的老人。那是5年前,我刚刚辞去工作,在离市中心不远的地方租了一套房子,开始向往已久的写作生活。距我住所500米,有一个公园,公园后面的山上,是一片墓地。每天写作之前,我都要去公园散步,有时兴致所至,也会攀到山顶,遥望那片墓地。除了清明节,那里很少有人。有一天,我看见一位老人在墓地里拔草,出于好奇,便走过去,穿过那些墓碑时,心里多少有几分害怕。老人一抬头看见我,笑着冲我打招呼,原来他是守墓人。负责看护这片墓地。我一向对特殊职业的人感兴趣,于是就和他攀谈起来。

他不是滨城人。3年前,老伴去世了,他来到这里,做了一名守墓人。

"她不在这儿。"老人指着墓地,仿佛在回忆什么似的说,"我把她埋在我们家乡了。"

他不说我也能猜到。这是唯一一个位于市区的墓园,环境肃雅,价格不菲。他一个外乡人,根本买不起。其实他原来有些积蓄,为了给老伴治病,都花光了。人说久病床前无孝子,他却是个难得的好丈夫。老伴去世前,在病榻上躺了5年。刚诊断出病症时,在医院里住了一阵,因为家里底子空,等病情稍好一点,就出院了。每隔段时间他去城里买药,村里有个诊所,他带老伴去那儿注射。后来,老伴病情越来越重,行动不便,他就在自己身上练习,终于掌握了注射技术。最后三年都是他自己给老伴注射。这样既方便,又省钱。本来家里就没多少积蓄,他省了又省,也没撑多久。只好卖地,后来又卖房子,再后来,就向亲戚、乡亲借。结果,还是没能挽留住她的生命,撇下他一个人走了,带着幸福和愧疚,留下悲伤和债务。

料理完后事,他只身一人,南下滨城,打工还债。这一年,他57

岁,但看上去,像一位七旬老人。

"我已经3年没回去了,她坟前的草说不定有几尺高了。"老人操着浓重的方言说,一边移动着那双枯瘦的手,将大理石墓碑前的杂草一一拔去。也许是蹲的时间太长,腿有些麻,他索性坐到地上,用手捶打着膝盖,抬起头,朝北面山坡望去,随即绽出笑容,一张布满皱纹的脸像一块干裂的土地。

"等还完债,我就回去。我估摸着,再有一年半,就够了。"老人说道,弯下身子,继续拔草。

"那——"我犹疑了一下,问,"老家那边的人,知道你在这守墓吗?"

"以前不知道,前一阵不知听谁说了,托人捎信让我回去,还说剩下的钱不用还了。那怎么行?庄稼人赚点钱不容易,我只要有口气能动弹,就一定把债还清。"老人神色坚定地说。

我望着这位佝偻着身子、快要被皱纹淹没的老人,肃然起敬。我真想帮帮他,但我知道,他不会接受我的钱。所以每过段时间,就买些水果、点心给他。我知道,他是不会舍得花钱买这些的。我们的交往断断续续,持续了近一年,后来我买了新居,忙着装修、搬家,就顾不上了。等到一切安顿好,又开始写长篇,而且两地相距较远,虽然有时也想去看他,但始终没能成行。后来,随着时间的流逝,我渐渐把他忘了。

现在,已经5年过去了。如果不是这部法国电影让我联想到他,我可能就这样彻底把他忘了。其实他只是一位来自中国北方的普通农民,和那位大名鼎鼎的法国导演没有丝毫相似之处。唯一有关联的是:从他的家乡到我们这座城市,需要乘4个半小时的火车。但他乘火车来这里,不是为了参加亲人的葬礼,而是为偿还给她治病欠下的债务;他乘火车来这里,不是只停留一日,而是做了 4 年半的守墓人。

我不知道,他现在是否安康,但我知道,他一定已还清债务,可以随时挥手作别,与另一个世界的她相会。

你必有一样是出色的

八位水手的遗产

1492年10月12日,哥伦布率领他的船队抵达新大陆——北美洲的巴哈马群岛。由于这次航行是西班牙政府资助的,因此,哥伦布的成功也就是西班牙的成功,西班牙人依靠远洋运输和海上贸易迅速积累财富,变得强盛起来,成为当时的海上第一大国,控制着欧洲经济命脉——海洋——达一个世纪之久。

大海,是贸易往来的通道,也是争夺财富的战场。它从来都不是风平浪静的,除了自然风暴的侵袭,还要抵御更凶狠的敌人——海盗。为此,运送货物的商船要建造可架设火炮的平台。这样固然减少了风险,但也增加了运输成本。为了从强大的西班牙人手中抢夺市场,荷兰人冒险建造出一种不装置火炮的商船,使船的造价降低一半,装载货物量增加一倍,从而大幅度降低运输成本。荷兰人深知:他们这样做无疑是以生命为代价,使得每一次航行都可能成为不归路。

1596年的一天,一位叫巴伦支的荷兰人,率领17名荷兰水手,驾着一艘满载货物的商船出发了。他们此行的目的地,是横跨欧亚大陆的俄罗斯。路程遥远,充满艰辛和险峻。他们没有遇到海盗,但却遇到另一个更强大的敌人——严寒！在一个叫三文雅的地方,他们被冰封的海面困住了。

三文雅地处北极圈,常年冰雪覆盖,气温零下40摄氏度。为了抵御严寒,巴伦支船长命令拆掉船上的甲板做燃料,引火取暖。船上储存的食物吃完了,他们凿开坚硬的冰层,捕鱼果腹。日子一天天过去,饥饿与严寒时刻都在威胁着他们的生命。有8个人病倒了。一位水手提议:船上运载的货物里就有衣物和药品,为何不拿来借用?

巴伦支船长难住了。他们和货主有合约——必须把货物完整无损地送到委托人手中。但在这种情况下,生命危在旦夕,如果动用货物,货主是不会追究的。但是,巴伦支船长和其他水手最终还是决定:不动用船上的货物。他们宁愿失去生命,也不愿失去商人赖以生存的资本——信用!

巴伦支船长和水手们以惊人的毅力抵抗险境,终于度过漫长的冬季。冰雪融化,商船驶离三文雅,船上的衣物和药品几乎丝毫未损,安全送达委托人手中。可是那8位水手,却永远留在了三文雅。三文雅,成了他们的不归路!这里,是埋葬他们生命的墓地,也是他们守望信用的见证。他们用行动向世界宣告:世界上最宝贵的是生命,但比生命更宝贵的是信誉。

8位荷兰水手,以生命为代价,为自己的国家和后代留下一笔宝贵的遗产——信誉！仅有150万人口的荷兰,就是靠着这笔遗产,建立起以信誉为原则的现代商业体制,在竞争中一步步打败西班牙人,最终垄断了欧洲的海运贸易。他们源源不断地把货物输送到欧洲各国,将势力延伸到地球的每一个角落,迅速崛起为世界"第一商业大国"。

你必有一样是出色的

离山最近的地方

那天我上山散步,遇到一位卖龟者。因为好奇,站在旁边观看。卖龟者极力向我兜售。虽然乌龟相貌丑陋,不怎么招人喜爱,但是它性格稳重,生活简朴,而且生命持久顽强。我想了想,就兴冲冲地将它买回家了。

到了家,我把它从塑料袋里拿出来,放在房间地板中央。不知道是因为感觉陌生,还是因为突然从桶里放出来有些不适应,它胆怯地缩着头,匍匐在地,一动不动。我蹲下身,摸了一下它厚重的壳,爱怜地说:"嘿,小家伙,以后这就是你的家了。"

很久,它慢慢探出头,朝我瞥了一眼,撑起身子,移动四肢,一步一步,爬到最里面的一个角落里,不再动弹。我望着它,心里忽然间有一种温暖的感觉,从今以后,我们将朝夕相处,应该给它起个名字才对。可是,叫什么好呢?

我认真地想了一晚上,既然它以寿命见长,就叫"久久"吧。

按照卖龟者的嘱咐,我每两天把久久放到卫生间,用温水洗一次,让它排泄。它吃得非常少,一片菜叶能吃好几天。也非常听话,从不乱动,总是待在角落里,时常感觉不到它的存在。闲着时,我就跑到它的房间,把它从角落里抱出来,放到地中央,逗它玩,和它说话。慢慢地,我们就熟了,有时候它自己也从角落里爬出来,站在屋中央,东张西望一会儿,再慢慢爬到另一个角落去。

国庆节快到了,我和朋友约好去海岛。我有些发愁,以前一个人天马行空,来去无牵挂,可现在久久怎么办呢?原想把它送到父母那里,可一想到爱整洁的父母肯定把它囚在桶里,就不忍心了。想来想去,决定还是把它留在家里。临走前,我在盒盖里放了两片菜叶,又放了些水,保证菜叶鲜嫩。然后,随手带上门。门没关紧,留了一条缝。没想到这扇虚掩的门,改变了久久的命运。

一个星期后,我从海岛回来。进门顾不上劳累就先去看久久。它房间的门半开着,地上还有吃剩的菜叶,而它却不见了。我喊着它的名字,把房间、客厅、厨房和阳台都找了一遍。前前后后找了半个多小时,累了一身汗,却连个影子也没有。真奇怪,它去哪儿了?

累了一身汗的我把转椅拽出,刚想坐下,一低头看见地板上一团黑乎乎的东西,吓得我差点叫出来。是久久!我真是又气又喜,抓起它就是一顿唠叨:你这个小淘气,不好好在你房间里待着,跑到我这里来干什么?你是不是混熟了,胆就大了……久久微微伸着头,眯着眼睛,调皮地看着我,像一个久别重逢的老朋友。本来我精疲力竭,看到它立刻又兴奋起来,把它抱到卫生间,用温水把它洗得干干净净,又切了几片苹果给它。它真饿了,嘎吱、嘎吱地吃了起来。吃饱后就靠在我的椅子边安然而卧。我猜在我外出的七天里,它一个人自由自在,大概把房间所有的地方都看了个遍。

以后的几天,证明我的猜测是对的。久久不再像刚来时那样安于角落,也不再安于自己的房间,一会儿跑到客厅,一会儿跑到阳台,跑到我的房间也是常有的事。不过它最喜欢去的地方还是阳台。我住的公寓依山而建,阳台是敞开的,我每天早晨起来第一件事就是到阳台上,呼吸来自对面山坡上的新鲜空气。阳台是我最喜欢的地方,没想到久久也和我一样。这样,它就给我平添了许多麻烦,时时要小心谨慎,生怕踩到它。有一次我去阳台,开门时一下把趴在门边的它推出去好远,吓得我魂飞魄散。急忙上前抱起它,看到它安然无恙才松了口气。我把它放回房间,用力关紧门,打算不再放它出来。

可是,第二天早晨,当我推开久久的房门,看到它匍匐在门后,伸长脖子,用希冀和渴望的目光看着我时,我的心软了,又把门打开,重新恢复了它的自由。

进入十一月,天气骤然降温,冬天的第一场大雪悄然而至,那天早晨我去参加朋友的聚会,走的时候看见阳台的门虚掩着,冷空气直往房间里钻,便匆匆地把门关上。

回来时,我发现久久不见了。四处找,最后在阳台上找到了它。它蜷缩在阳台最里面的角落,浑身上下冻得冰冷。我赶紧把它抱到房间,放在暖气下面。很久,它慢慢舒缓过来。我松了口气,以为没事了。谁知,三天后,久久死了。

像我这样的年龄,还没有经历过亲人的死亡,没有体验过死亡的滋味,不能完全理解死亡这两个字意味着什么。当我抱着身体已经僵硬的久久,凝视着它那紧闭的眼睛,它那两个针孔一样已经没有呼吸的鼻孔,我仍然无法相信,久久真的走了。

死亡是我们的邻居。从来到这个世界的那天起,它就开始陪伴我们,只是我们不知道。它躲在一扇门后,默默地注视着你,等着你走进,然后一关门,把你带走。

人生的悲剧就在于此。在走进那扇门之前,你并不知道那扇门将把你带向哪里。等知道了,就已经来不及了。

不是吗？假如久久知道,那扇通往阳台的门,有一天会把它带到另一个世界,它还会那样快乐地奔向它吗？

假如我知道,那扇虚掩的门,有一天会把久久从我身边带走,我还会那么粗心懒散、那么不在意吗？

一连几天,我都无法相信,久久真的走了。它依然匍匐在那,表情平静,没有丝毫的痛苦。却把无尽的悲伤和悔恨留给了我。本来它是要活得长久的,比我的生命还长,却因为我的错……

我难过地把久久的事告诉一位朋友,沉默良久,朋友开口了:"你知道它为什么喜欢去阳台吗？阳台,是离山最近的地方。"

霎时,我泪如雨下。

是的,久久是一只山龟。它的祖先曾生活在山野丛林,能够抵抗最猛烈的风雨严寒,拥有生命的最高财富——自由。而它没有。但是它向往、渴望并追求,因此而付出了生命的代价。

久久死后的第七天,我安葬了它。就葬在阳台对面的山坡上。山那边是英雄公园。我知道,在这个世界上,除了我,几乎没有人知道它的名字,没有人给它以英雄的称号。但是在我心里,它的确是一位英雄,虽然失败了,但曾经战斗过。

你必有一样是出色的

外地人

由于职业的原因,我要经常接触许多企业的老板,时间长了,我发现一个奇怪的现象:他们当中许多人都是外地人。有一次,朋友带我去见一位大酒店的老板,他一开口,就听出他也是一个外地人。我不觉有些感慨,忍不住说:大连人的钱都让你们这些外地老板给赚了!

那个老板笑笑说:"没错。许多坐奔驰、开大酒店、做进出口生意的,都是我们外地人。但是你知不知道,那些在街上蹬三轮车的、卖茶蛋的、在浴池搓澡的,也大都是我们外地人。"

听他这么一说,我仔细一想,觉得他说得非常对。的确,在我们这个城市,工作和生活最好的与最差的大都是外地人,剩下中间不好也不差的基本上都是本地人。

"其实,你别看不起街上那些卖茶蛋的,再过十年,他们当中保不准又冒出几个小老板呢!说出来你也许不信,当年我刚来大连时,就在街上摆摊卖茶蛋。卖了一年多,后来攒了点钱在天津街租了个小摊位冲洗相片,地方很小,才30厘米,勉强坐下一个人。大约做了两年,赚了钱又租了个临街房开饭店,后来一点点做大了。你们只看到我今天开大酒店风光的一面,当年我卖茶蛋的时候你们谁看见了?就是看见了也不会在意!"

几乎每个城市都是这样,本地人有着外地人无法比拟的先天优越条件:有好工作、有好房子,有的有好几套房子,有临街用的商业房,他们把多出来的房子出租给外地人,自己坐在家里吃租息,过着轻松悠闲的日子。但是,外地人就不行了,他们除了一张外地身份证,什么都没有,没有房子可以出租,他们只好出租自己,苦自己。

但是,几年之后,他们一个个都富起来了,用他们赚的钱,在海边买下一栋栋漂亮的别墅,令当地人望尘莫及。

你必有一样是出色的

单程车票

春节休假回来,第一天上班,桌上堆了厚厚一叠信,还有编辑邮来的报纸杂志。我一一翻看,发现有一封信很陌生,是四川读者写来的。他在杂志上看了我的一篇文章,深有感触。他从编辑那儿找到我的地址,想在春节过后,来大连打工,以便结识我。

以前,常有读者来信来电,和我交朋友、谈人生,还没有一个要求见面的。更何况四川那么远,仅凭一篇稿子,千里迢迢来大连,未免太幼稚了。

我赶紧提笔给他写信,先说一通人生道理,然后,委婉地劝他不要来大连打工。

40分钟后,他站在我的办公室里。我打量着他,瘦瘦的,中等个头,穿一套深蓝色西装,拎了个很旧的旅行包。尽管坐了两天两夜火车,但是,看不出疲倦的样子。

我们聊了起来。他出生在距成都两小时路程的一个小镇,今年26岁,中师毕业,当过两年小学教师。他因为不安于家乡的生活,19岁那年,外出打工,做过推销、保险,去过成都、重庆、武汉、北京,大连是第一次来。

中午，我请他在单位附近的饭店吃饭，问他来大连有什么打算，要不要我帮忙。他说，打工的事，自己会安排的，不需要我帮忙。打工之余，他喜欢看书，思考问题，可是，有了想法，周围没有人可以交流，他希望在不打扰我的情况下，能在一起谈谈话就行。

我有些惭愧，原以为他千里迢迢投奔我，肯定要麻烦我，让我帮他找工作、找住处。不知怎么，他越不求我帮忙，我越想帮他做点什么。我说："如果没有住的地方，我的同学在大学教书，可以帮忙安排住在学生宿舍，一个月收费才一百多元钱，很便宜的。"

"一百多元太贵，我去找四川同乡搭伙住，每个月交四五十元钱就够了。"

"你第一次来大连，怎么认识同乡呢？"我有些不解。

"你没听说四川是全国打工大省吗？几乎每个城市都有四川人打工。我们这些外出打工仔，都有一份同乡名录。"

吃过饭，他说要去找同乡，待安顿下来，就给我打电话。他转身要走，我忍不住叫住他，问："你带的钱够吗？"

"够了，我还有150元钱。50元交房租，100元是这个月的伙食费、交通费。下个月，我就赚钱了。"他坦然地说。

"你只有150元钱？连买回程票都不够！"我惊叫起来。150元钱，别说外出，我连家门都不敢出。平时，我的钱包不会少于1000元，如果外出，就要带得更多，不仅要带足现金，还要带上信用卡，出门在外，害怕的就是没有钱回不了家，每到一处，第一件事就是要留出回程的车票钱。

"在我们家乡，男人女人到了18岁，就开始外出打工。如果找不到工作，或者受不了苦而回家，是非常丢人、非常让人看不起的事情。我从第一次出来打工，只带买单程票的钱和第一个月的生活费。如果找不到工作,我就要流落街头、就要挨饿。我必须在一个月内找到工作,必须赚到钱,才可以回家。开始打工的第一年,流落街头、没饭吃的事常发生,等到第二年,只是偶尔发生,以后,这样的事,再也没发生过,你根本不用为我担心。我不带钱,不是没有钱,家里的存款已经超过5位数,我只是不想把它们带在身上而已。"

第三辑　不要卖掉自己的田

成功者的家

朋友的父亲要去美国定居了。他是一位很有思想的人,也是一位成功的企业家,他曾经在三年的时间,成功地销售出12万台钢琴,引起全国性的钢琴热。此外,他还成功地运作一项房地产工程,代理销售手机。这些,都是他商业生涯成功的经典,广为人知。我非常敬重他,也很感激他。他在许多方面都给过我有益的指导。现在他要走了,我心中有些不舍。我准备了一份礼物,约了朋友一起去他家看他,和他告别。

朋友开车来接我,不一会儿,我们就到了他家,那是一栋很漂亮的海滨别墅,朋友把车停好,然后下车,我跟在他后面,看着他的背影,心里十分羡慕。我想:不久,他也会去的。因为有那样一位有名而有钱的父亲,去美国对他来说,是一件再简单不过的事。

坐在朋友家宽敞、装饰豪华的客厅里,喝着美国的可口可乐,吃着美国的大杏仁,看着朋友和他父亲谈笑风生,想象不久他们一家将远赴美国,享受舒适的美式生活,再想想自己:那狭小的蜗居,微薄的收入,黯淡的事业,不仅有些心情沮丧。就在这时,朋友的父亲问我说:"听说你和朋友合建了一个网站,现在经营得怎么样?"

"还那样。没什么进展。"我有些无精打采地说。

"我觉得这个想法很好,好好经营会有发展的。"

"可是没有资金,很难再往下发展。我们比不了您,您想做什么就能做成什么,我们不行,想做点什么太难了。"

"做一件事情,你可以把它想得很容易,也可以把它想得很困难。如果很容易,我劝你最好别做,因为那做不成,如果能做,就是个陷阱,因为真正地想做成一件事情,一定是很困难的。"

我有些似懂非懂地点点头,他看看我,说:"来,我带你参观一下我的家。"

他穿过客厅,走到最里面的一个房间,打开房门,让我进去,房间里面堆满了东西,看上去显得有些拥挤,但并不乱,因为每样东西摆放得都很整齐,左侧摆放着一架钢琴,钢琴上面,放着几栋大楼的模型和一部手机,这三样东西我都很熟悉,可以说,是他经商成功的证明。我又把视线转向右侧,这边摆放的东西比左边多得多,有电唱机、传真机、录音机、电吹风、童鞋、石英钟、汽车后视镜等十几样,我越看越莫名其妙,不知道这些东西摆在这儿做什么。

"左边的这三样东西我不说你也知道,是我成功的作品,可右边的这些东西,你就不知道了。现在我来告诉你:这些也是我的作品,不过都是失败的作品。别人都只看到我成功的一面,可我失败的一面,没有人看到,只有我自己最清楚,我失败的作品,比成功的多好几倍。所以,年轻人,我能给你的忠告是:没有一种成功是偶然的,每一个成功者,都曾经失败过。他失败的作品,一定比成功的作品多几倍,只是别人不知道罢了。"

那一刻,我忽然间明白:为什么我们每个人总羡慕别人的成功,总觉得他的成功比自己来得容易简单,因为他失败的一面,我们看不到。

第三辑　不要卖掉自己的田

一枚硬币

我们的相识很自然,我的朋友开了一家律师事务所,她是他的雇员。我猜她可能是大学毕业不久,没什么阅历,才来这儿打工吧。后来,我们接触长了,我发现她业务非常熟练,有许多案子都是她一手办理的。有一次,我和她开玩笑说:你业务这么好,可能在这儿做不了多久,就要自己开事务所了。

她脸上掠过一道阴影,摇摇头,苦笑了一下,说:"我这辈子,恐怕开不了事务所了,我没有律师资格。"

"你可以考啊！你业务那么好,还怕考不上！"

她摇摇头,不说什么。我觉得她好像有什么心事。果然,那之后不久,她打电话给我,约我见面谈谈。

"我想了很久,决定把我的事告诉你,你可以写出来,但一定不要写我的名字。"

我看看她,郑重地点点头。

她把手伸到颈后,解下脖子上系的一根红线,我以为上面拴着玉坠或长命锁之类的什么,但不是,是一枚很普通的一元硬币,只不过中间穿了一个眼。

"我的人生,可以说,是从这枚硬币开始的。那一年我17岁,刚参加完高考,在家闲着没事,就去我姐姐那儿玩。她当时租了一个服装摊位卖女装,生意还不错。那天她有事出去,我就帮她看摊。来了几位顾客,我正忙着,又来了一位女顾客,20多岁,穿着很娇艳,陪她一起来的还有一位中年男人。我一看就知道他们关系暧昧,是情人或二奶之类的。这种女人我本来就看不起,加上她那副趾高气扬的样子,我更看不惯,我不怎么理她,想快点打发她走,可是她就是不走,好像故意和我作对,一会儿让我拿这件,一会儿让我拿那件,挑来挑去,折腾一顿,最后一件也没买,走了。

"我心里这个气呀,一面在心里骂她,一面收拾被她翻乱的衣服。这时候,我发现在衣服下面,放着一个钱包。我打开一看,里面放着厚厚一沓钱和一个3万元的存折。一定是那个讨厌女人的。我第一个念头就是:不给她!我把钱包藏在衣服最下面。我刚藏好,那个女人就进来了,她用怀疑的目光看着我,又看看四周,问我看没看见她的钱包。她刚进来的时候,我有点犹豫,可一看她那样子,心里一气就说没有。她用鼻子哼了一声,就要动手找,我不让,我们俩吵了起来,后来她就走了。

"看着她的背影,我想:还是还给她吧!可是又气不过。我犹豫着,把手放进衣兜里,正好摸到一枚硬币,当时刚发行一元新硬币不久,我特意换了一枚。我想:干脆抛硬币决定!如果数字在上面,就还给她。于是,我就抛了硬币,结果数字在下面,我没有还给她。"

说到这儿,她停下来,看看我,摇摇头,说:"后面的事,我想你已经知道了。我的大学录取通知书和判决书是同时下达的,我考上了北京一所大学,但是我已经没有资格去了。我将在监狱里度过5年。"

她摆弄着手里的硬币,我无法想象,她每次看到这枚改变她命运的硬币时,会怎么想?

"我一直把这枚硬币戴在身上,每次看到它,我都想:如果当初我选择了另一面,会是什么样?"

是呀,如果当初选择了另一面,她的人生将是另外一面。可惜人生不能假设。

"不过,我现在已经不这么想了。即使选择了另一面,结局也一样,以后还会犯类似的错误。人生有很多十字路口,在每一个路口前,就算极尽所能、谨慎认真地选择也不可能完全避免出错,何况放弃选择,把命运交给一枚小小的硬币呢!"

你必有一样是出色的

穷人的竹叶

小时候,他家里非常穷,他最大的梦想就是能吃一个纯玉米面的饼子,因为从小到大,他吃的都是那种用野菜和玉米面搅在一起的面团子,说是面团,实际上只有很少的一点面,里面大部分是他上山挖的苦菜和收割后的地瓜秧,咬一口,满嘴苦味,难以下咽。最初,他很不习惯,吃下去不消化,肚子一阵阵痛,老想上厕所,可蹲在厕所里便不出来,痛得他大声哭,母亲含泪告诉他多喝水,他喝下一大瓢水,然后再上厕所,便出来的都是绿色的。

9岁那年,村里来了一个科学考察队,为首的是一位戴着眼镜、面目和善的中年男人,大家都叫他熊猫教授,和他一起的几位年轻人是他的学生,他们是来山里考察熊猫的生态环境的。他自告奋勇,每天跟他们一起上山,给他们带路,听他们讲故事。如果不是他们的到来,他也许一辈子都不知道外面还有一个世界,和他这儿的不一样。他平生第一次看到他们带来的神奇的照相机,平生第一次吃到他们给他的一小块馒头,他觉得好吃极了。他放在嘴里,慢慢地嚼着,不舍得咽下去。他从来不知道世界上还有这么好吃的东西!他吃着吃着,忽然鼻子一酸,哭了。

熊猫教授不知道发生了什么事,就问他:"你怎么了?"

"你们天天吃这么好吃的东西,可是我们这儿的人连见都没见过,这太不公平了!请你带上我一起走吧,我会带路,我会干许多活。"

熊猫教授摸着他的头,无限怜爱地说:"孩子,没有人愿意吃苦,可是所有吃过的苦都不会白吃,会有回报的。"说着,教授抬起手,指着满山遍野的竹子,问:"你知道熊猫为什么吃竹叶吗?"

"因为熊猫天生爱吃竹叶。"

"我们都知道熊猫吃竹叶,都以为它们天生爱吃。可实际上不是这样。熊猫是哺乳类动物,它的胃肠大小几乎和我们人类一样,而我们人类大肠下边还有一段盲肠,帮助消化,而熊猫没有。熊猫本来和我们人一样,应该以食肉、粮为主,可是它们生长在寒冷的山区,周围除了竹子,没有别的食物,为了生存,熊猫就强迫自己吃竹叶。开始的时候也不习惯,胃肠不消化,吃进去多少拉出来多少,它们就一遍遍吃,再一遍遍拉,到最后,就慢慢适应了。现在,熊猫是世界上生存能力最强的动物之一,无论多么艰苦的环境,它们都能生存下来。"

最后,熊猫教授拍拍他的头,说:"当年我刚大学毕业时,和同学一起上山考察熊猫,后来许多同学因为受不了山上的苦而放弃了。现在,只有我和很少几位同学坚持下来。我想这是因为我小时候家里穷从小就习惯吃苦。孩子,记住,我们穷人家的孩子,生来一无所有,没什么可吃的,只剩下吃苦了,就像熊猫吃竹叶一样,时间长了我们就养成了能吃苦的习惯,吃苦成了生活中最习以为常的事,到后来,我们这些穷人的孩子就成为世界上生存能力最强的人了!"

也就是这一年,他开始上学了。一个 9 岁的孩子,每天独自往返十几里地去读书,放了学回家还要帮母亲干活、挑水、喂猪。星期天要早早起来上山砍柴、割草,卖了钱交学费。这在常人看来,几乎是不可能的,但他坚持下来,从小学,到中学,一直到大学。他是村里有史以来第一个读大学的人。

第三辑　不要卖掉自己的田

老鹰和蜗牛

看一部电视片,是关于埃及的。说到埃及,就不能不说金字塔。主持人用极尽赞美之词赞美金字塔。对于金字塔,怎么赞美都是不过分的。末了,主持人又说:世界上只有两种动物能到达金字塔顶。一种是老鹰,还有一种,就是蜗牛。

那一刻,我的眼前立刻闪现出在天空中展翅翱翔的雄鹰,我想象着雄鹰站在金字塔顶,挥舞着一双翅膀的风姿。转而再想蜗牛,我的眼前闪现出它拖着厚重的壳、柔软的身体紧贴在墙面上,不断伸缩、向前蠕动的样子。

老鹰和蜗牛,以往我从来没有把它们联系在一起。它们是如此的不同:鹰矫健、敏捷、锐利,蜗牛弱小、迟钝、笨拙。鹰残忍、凶狠,杀害同类从不迟疑,蜗牛善良、厚道,从不伤害任何生命。鹰有一对飞翔的翅膀,蜗牛背着一个厚重的壳。这两种从出生就注定一个在天空、一个在地上完全不同的动物,它们唯一相同的一点,是都能到达金字塔顶。

鹰到达金字塔顶,我想主要归功于它有一双飞翔的翅膀。也因了这双翅膀,鹰成为最凶猛、生命力最强的动物。它可以在最短的时间内迅速攻击和迅速逃离,成败都不使自己受伤害。所以,也可以说,鹰的翅膀就是它生命力最重要的一部分。鹰能拥有这样的翅膀,和它的残忍有关。鹰的残忍,不仅表现在对其他动物上,还表现在对自己同类上,包括对自己的幼子。据说,鹰每次产卵同时产出两个,等它们孵化成小鹰后,就把它们两个放在一起,不给食物,让它们争斗,让其中更强健的一个吃掉另一个。这虽然很残忍,但鹰族也因此而进化。

与鹰不同,蜗牛到达金字塔顶,主观上,是靠它永不停息的执着精神,客观上则应归功于它厚厚的壳。蜗牛的壳,95%的成分是碳酸钙,非常坚硬,它是蜗牛的保护器官。活动时若遇敌侵,将头迅速缩入壳内安全避难。蜗牛晚上活动白天休息。休息时将身体全部缩入壳内,保持和减少黏液散失,维持生命存活。有一次,一个人看见蜗牛顶着厚重的壳艰难爬行,就好心地替它把壳去掉,让它轻装上阵。结果,蜗牛很快就死了。

正是这看上去又粗又笨、有些负重的壳,让小小蜗牛得以万里长征,到达金字塔顶。在登顶过程中,蜗牛的壳和鹰的翅膀,起的是同样作用。可惜,生活中,大多数人只羡慕鹰的翅膀,很少在意蜗牛的壳。

总统的墓志铭

美国的建国者之一、《独立宣言》的起草人托马斯·杰弗逊,曾历任美国国务卿、副总统直至总统。在任职总统期间,他派人与法国谈判,购买从密西西比河到落基山脉的一大片土地,使美国领土扩大了一倍。他还签署法律禁止从国外输入奴隶,积极主张在全国范围内彻底废奴。他被后人尊称为"国父",是美国历史上最伟大的总统之一。但是,在他去世前亲手为自己设计的墓碑上,对此却只字未提,而是写下了另外三件事:托马斯·杰弗逊,美国《独立宣言》起草人,《弗吉尼亚州宗教自由法》起草人,弗吉尼亚大学创建人。

这在常人看来,有些不可思议。还有什么比总统更让人感到荣耀和自豪的呢?况且又是一位深有作为而非政绩平平的总统!但托马斯·杰弗逊却不这么看。在即将走完自己的一生、准备谢幕的最后时刻,回顾过去所走的路,所做的事,他认为这三件事最有价值,最有意义,因此选作墓志铭,希望被后人长久地记住。

我们都知道,《独立宣言》是一份于1776年7月4日由托马斯·杰弗逊起草,并由其他13个殖民地代表签署的最初声明美国从英国独立的文件。在宣言中,杰弗逊用深刻而质朴的语言表达了"人生而平等、享有生命权、自由权和幸福权"这一朴素思想,它是美国立国之本,美国从建国之初到现在,200多年来始终遵循这一基本思想,它的重要性不言而喻。那么,《弗吉尼亚州宗教自由法》又为什么重要呢?

美国是一个移民国家,最早一批移民来自英国,因此,在许多方面留有英国痕迹。当时美国各州都不同程度地受到英国国教的影响,而1786年1月16日由托马斯·杰弗逊起草、弗吉尼亚州议会通过的《弗吉尼亚州宗教自由法》,第一次明确了政教分离的原则,人民可以自由选择自己的信仰,政府无权干预。这项法案,首开先河,使美国成为西方社会政教分离的先驱。

以上两项,是在杰弗逊就任总统之前所为,而创建于1819年的弗吉尼亚大学,是他在卸任总统之后完成的人生最后一件心愿。一生酷爱学习的他深知,要想国富民强,须以教育为本。为此,他花费了十年时间,不顾年老体弱,四处演讲,募集资金,从大学建校草图、课程设置,都亲自参与,一一过问。现在,这所大学已经成为全美第二大公立大学,培养的人才,不计其数,纵横各界。有总统、参议员、艺术家、商界精英,成为美国杰出人物诞生的摇篮。

托马斯·杰弗逊去世已经快200年了,现在他还依然被后人提起,被后人纪念。他是美国第三任总统,现在这个数字是43。43位总统在任职期间,都因其独特的位置而被美国乃至全世界所瞩目。但能像杰弗逊总统这样,200年之后还被人纪念的又有几位?

现在你或许明白,托马斯·杰弗逊为什么要把这三件事刻在自己的墓碑上,而不是他担任过的总统头衔。200年前他就已经深刻地领悟到——做总统固然重要,但更重要的是在总统这个头衔下,你为国家做了什么。

第三辑　不要卖掉自己的田

拯救自己

我居住的海滨城市,风景非常秀丽怡人,每年都有人来此观光,每年也都有人在海上遇难。前不久就有三位渔民,他们的船在海上出了故障,在海上漂了七天六夜,最后遇救回来了。我闻讯后去采访他们,连夜写成稿邮给国内一家很有名的杂志,想不到被退回来了,编辑告诉我,主编没通过,因为他认为"故事不够悲惨。三个当事人一个也没死都活着回来了,还算什么海难!"

我听了不禁浑身一颤:"为了故事好看,就希望死人,这也太残忍了!况且,如果他们死了我们怎么能知道他们的经历!"

"没办法,我们办杂志,为了增加发行量,要求故事有震撼性。"电话那边,编辑不无遗憾地说。

一连几天,我都为那位主编所说的话感到震撼。我不知道他从事这个职业有多久了,才会培养出来这样一种职业的冷酷和残忍。后来,我把稿子又寄给另外一家杂志,这次很顺利地通过了。

这件事不久,我就出差到南方,回来后,和一位摄影界的朋友在一起,他讲起前几天滨城发生的一件新闻事件:一位酒店老板因为经营不善,欠下巨额债务,爬到酒店的顶层,想跳楼自杀,结果被人发现，打110报警，警察、救火队都赶来营救，报社、电视台的记者、摄影师也赶到现场报道，其中就有他。

"那后来呢？他跳了吗？"我急切地问。

"我们等了4个小时，警察找来他的家人、朋友劝他，救火队员爬到顶楼去救他，结果他还是跳下来了！"

"那后来呢？他有没有获救？"

"没有。从28层高楼的顶层跳下，搭的防护墙也没起作用，当场就摔死了。当时，现场有许多摄影师，一直举着照相机等着拍摄，但是因为等得太久，后来都累了放下了，只有我一直举着，所以只有我一个人拍到了他跳楼的全过程，在报纸发了一整版。"他颇为自豪地说。

我看着他，联想起前不久那位总编说的话，就说："那么，也就是说，在长达4个小时的时间里，你就举着相机站在那儿，等着他跳楼，等着拍摄！"

他看着我，然后把目光转到别处："我明白你的意思，可是，救他不是我的责任，那是警察的事。我是一个摄影师，应该把他拍下来，这样不是可以拯救更多的人吗？"

"可是，这样不是太冷酷了吗？"

他看着我，沉默了一会儿，说："你知道吗？在摄影界，有一张著名的照片，照片是在非洲拍摄的，一个面黄肌瘦的孩子，瞪着一双恐惧的大眼睛，在他前面不到一米远的地方，有一只秃鹰，正瞪着凶猛的眼睛，向他扑来。就在这千钧一发之际，被一位摄影师看到了，强烈的创作欲望使他立刻举起照相机，拍下这个珍贵的镜头。然后又跑过去救那个孩子，可惜晚了，孩子死了。这幅照片后来获得了世界最著名的摄影大奖，它引起了读者强烈的震撼，每个看过这幅照片的人,都无不为之震惊,但也无不为之而谴责这位冷酷残忍的摄影师。不管摄影师怎么为自己辩解,人们都不肯原谅他。"

"那么,后来这位摄影师怎么样了?"

"后来,这位摄影师为了拯救自己,先后几次亲历非洲,救助了许多儿童,尽管如此,人们还是无法原谅他。最后,他自杀了。"

我们对望着,一时无语。

你必有一样是出色的

不要卖掉自己的田

　　10年前,我在一所学校教书。有一天下午,我在学校的阅览室备课,累了,就随手拿了一本杂志浏览,在杂志的扉页上,是一篇写三毛的文章,三毛是我喜欢的作家,我读着读着,突发灵感,就拿起备课本,写了一篇散文,这篇文章后来发表在一本散文刊物上,是我的第一篇作品。

　　以后的5年时间,我一直坚持业余写作,直到我调到一家报社做记者。写作成了我的职业。我做的是经济新闻记者,每天采访企业家、成功者,对我这个在学校围墙里工作多年的人来说,他们的世界是一个喧哗的五彩世界,我才知道,我的天地多么小。

　　以后的3年时间,我大部分时间都耗在企业中,和企业家们交往、周旋、忙碌,为他们树碑立传,歌功颂德,顺便换取广告赞助,或为朋友牵线搭桥,联系点业务,经济上收入颇丰,却总有囊中羞涩之感。散文写作几乎全盘放弃。

　　有一天,我去拜访我的老师——一位著名作家,他在我初写作时给过我许多帮助。他看见我,热情地打招呼,问我最近忙什么。我就告诉他,我最近正在和企业运作一些事,如果合作成功的话,我可能会离开报社,到企业去工作。

老师听了,点点头说:到企业去,多一些体验也好,不过不要忘了写东西。

我有些不屑一顾地说:都什么年代了,谁还写那些小玩意儿!

老师看看我,没说什么,回过头去看电视。画面上是一块美丽的大钻石,主持人介绍说:这就是目前世界上最大的一块钻石,价值连城。我看着这块光彩夺目的大钻石,感叹地说:我这一生奋斗的结果,能拥有这块钻石的千分之一,也就满足了。

老师把电视声音关掉,只留下画面。他看着我,问:"你知道这块钻石是哪产的吗?"

我摇摇头。

"它就是一个很好的故事。在印度歌尔康达,有一个农夫,他在他田里的河边发现一块美丽的石头,就带回去给孩子玩。孩子玩腻了,就把它放在窗户下,人们渐渐忘了它的存在。有一天,一个流浪的僧侣经过,向这个农夫要求一夜借宿。农夫一家热情接待了他。僧侣很感激,他告诉农夫和他的家人,不远处有条河,河岸盛产钻石,只要找到一小块钻石就可以变成有钱人。

"第二天僧侣走了。农夫一直想着他说的话。于是,他卖了他的田,去寻找僧侣所说的那个河岸。这一走就是5年,他受尽磨难,到处寻找那个盛产钻石的河岸,始终没有找到。在寻找的过程中,他终于知道什么是钻石。当他身心俱疲、悲观失望地回到家,他简直无法相信他的眼睛——偌大的钻石就躺在他家的窗户下!这个时候,他记起来了:他捡到钻石的那个河岸,就在他拥有的田里!

"这块农田后来变成世界上钻石的最大产地之一,歌尔康达,这块被孩子玩腻了、遗忘在窗户底下的石头,变成世界上最大的一块钻石。"说到这,老师停下来,看着我,"在我认识的年轻人中,你是最有写作天赋的。不要轻易卖掉属于自己的田!最伟大的钻石也许就在这块田里,你现在需要做的,不是去寻找钻石的河岸,而是要学习认识自己的钻石。"

生命的背篓

最近比较烦,因为汶川地震,引起许多传言,说本市有地震,对此我并不十分在意。谁知到了6月3日,电话一个接一个打来,短信收到十几条,说今晚有地震,准备好食品,要穿衣服睡觉,等等。虽说我不相信,但总觉得有些烦闷。快傍晚时接到表哥的电话,问我收没收到有关地震的短信,他说他也不相信,但现在传得越来越厉害,还说部队已经下达抗震救灾命令,反正在家也睡不好,不如和他一起去郊区同学家避一避。

给他这么一说,原本不平静的心更乱了。父母前些日子回吉林老家,女儿也在外地,只有我一个人孤零零的。我告诉表哥半小时后来接我,我收拾一下东西就走。

我从床底下找出旅行包,站在屋中央,环视周围,想应该带些什么。第一眼投向写字台中间的抽屉,那里放着家里最贵重的东西——存折、首饰,还有些现金。但再一想不觉有些可笑:既然要地震了,带这些只是地上有用的东西有什么用?悔不当初都把它们消费掉。

正犹豫间,我猛然想起以前在杂志上看到关于危机时自救的一篇文章,其中讲到遇到地震被困住时,获得生存最重要的条件是空气、水和盐,然后才是食物。如果没有空气,人连半天都活不下去,几分钟内就会窒息而死。如果没有水,人靠自身体内的水分,最多能活5—7天。如果有足够的水但没有盐和食物,人最多能坚持活15天左右。如果有水和盐,就可以活更多天。想到这,我赶紧去厨房,把矿泉水瓶都装满水,放进背包,然后打开冰箱,把里面的一小袋盐和方便面统统拿出来,装进背包。这时,就听见门外响起急促的敲门声:"快点儿,你在这儿磨蹭什么?"

"拿点东西,万一用。"我打开门,让表哥进来。

"水和方便面我都带了,你拿点药吧,万一我们谁不幸受伤,还可以应付一下。还有,别忘了带电话,如果有事,可以和外边联系。"

我来不及整理,索性把装药的大纸盒一起塞进背包,又从衣柜里拿了件外衣,然后环视了一眼自己的小小蜗居,背起包匆匆离去。

表哥开车带着我向市郊方向行驶,到了他同学家,也没进屋,就在院里的葡萄架搭了个棚坐下。空气闷热难忍,我拿出电话打给父母,也不敢多说什么,讲了一会儿就挂了。不远处传来汽车的行驶声和狗叫声,原本安静的村庄变得喧闹起来。

月亮慢慢升起来了,表哥不时地看表,我抱紧怀里的背包。我们一直熬到午夜,什么也没发生,大地虽有些喧闹但很安稳,没有震动的迹象。但我们谁也不敢动,一直坐到凌晨。我们迎着刚刚升起的晨曦之光,开车顺原路返回,表哥把我送到楼下。下车时,我拿起放在后座上的背包,表哥说:"包就放在车里吧,这几天如果有事,我再拉你走。"说着,他也下车,打开汽车后备箱,把我们俩的包都放进去。

然后转身看看我,说了一句让我一辈子忘不了的话:"其实,如果真发生地震,这里面装的东西根本救不了我们,但我们还是要带着,因为它装的不只是几样东西,而是让我们活下去的希望,这才是真正能救我们的。"

你必有一样是出色的

画家与恐龙

一位画家从事绘画多年,一直默默无闻,可是最近他却突然出名了,以画恐龙而闻名。

一位年轻人慕名前去拜访他,求教他成功的秘诀。

这位画家告诉他说:画最容易画的,最容易成功。

年轻人又说:我也是这么想的,我觉得画自己最容易,可是,我画了一年,却怎么也画不好!

画家笑笑说:"开始,我也是这么做的。我花了三年的时间,为自己画像,却没有一张满意的。到后来,我才发现:其实自己是最难画的,既熟悉又陌生,画出来的自己,形不似,神也不似。"

"于是,我就改画别人。我花了两年的时间,为别人画像,但也没有几张满意的。原来,别人也不好画,今天是一副面孔,明天又换了一副面孔,画出来的别人,形似而神不似。"

"后来,我就改画动物。我花了一年的时间,为动物画像,但令人满意的也不多。动物种类繁多,且千变万化,很难都观察得到,所以画出来的动物,评价不一。"

"最后,我就开始画恐龙,我只花了三个月的时间,就出名了!"

"为什么?"年轻人瞪大眼睛问。

"因为,恐龙这种动物早在一亿多年前就已经绝迹了,现在活着的人没有一个见过恐龙的,所以我想怎么画就怎么画,然后再请和我比较要好的评论家写评论,很快就出名了。

"所以你看,最难画的是自己,较难画的是别人,比较容易画的是动物,而最容易画的,就是那些已经灭绝或者还没有诞生的动物。既然大家谁都没有见过它们,你想怎么画就怎么画好了!"

你必有一样是出色的

斯隆先生爱好什么

斯隆先生曾任美国通用汽车公司总裁,也是美国历史上第一个真正专业的经理人,在此以前,美国的大企业一直是"老板"自己管理企业,而斯隆则建立了第一个由专业人士来管理的大企业,他领导下的通用,50年盛久不衰,成为美国乃至世界史上的企业巨人。也因此,他被西方管理学界誉为"现代化组织的天才"。

斯隆先生年轻时爱好交友、游玩,也曾是个交游广阔的人,有许多好友、死党,但是他担任通用总裁以后,却把自己孤立起来,不与同级主管亲近,对他们都以礼相待,保持同样距离。他在担任总裁50多年,没在公司结交一个朋友,和他经常一起出游的好友克莱斯勒曾是别克的总经理,他和斯隆的情谊是在他离开通用之后才建立起来的。

"没有人喜欢孤寂,我也喜欢交友,喜欢身边有个伴,可是公司给我高薪,不是让我来交朋友的,我的工作是评估公司里的人表现如何,从而做出正确的人事决策,假如我和我共事的人有交情,自然就会有好恶之分,会影响我做决定。因此,责任在身,我不得在工作场合建立私交。"

不仅如此，斯隆先生从不在公开场合谈自己的爱好、家人，在介绍他的书中，他坚持不让编辑加入两页介绍他的家庭、童年和早期生涯的文章，因此，人们看到的斯隆是一个标准的专业经理人，是一个严厉刻板、专注工作、不讲感情、毫无情趣的人。而事实上，真正的斯隆是一个爱恨分明、兴趣广泛、喜欢交友，而且极其有情趣的人。他非常爱他的家人，和太太结婚50多年，一直恩爱如初。但是，斯隆认为，"专业人才"不应该透露自己的兴趣、信念和私人生活，这是他的私事，和"专业"无关。所以，他都隐去了。

也正因如此，斯隆领导下的通用，形形色色的人都有。特别是他手下的35位高级主管，风格迥异，他们的个性、特质和喜好，大相径庭，各有特色，这也正是通用的活力所在。他们都有自己的想法，每个人都与别人不同，他们不知道上司喜欢什么，就不会因上司喜而喜，也不会为讨好上司的喜好，而隐藏真实的自己。那样的话，他们最多也只是个二等复制品，而失去了自己的真正价值。

每个人都有爱好，也有爱好的权利。作为一个自然人，你可以随意爱好什么，爱好就是你的快乐。可是，作为一个社会人，如果你在一个领导人位置上，不管是在企业还是政府，你都无权爱好，你得把自己的爱好隐藏起来。因为，你的爱好，就是别人进攻你的缺口。

你必有一样是出色的

你会拉锯吗

一位朋友从日本回来,给我讲了一件有趣的事。

日本一家有名的企业,在招聘员工时,要进行一场特殊考试。他们把应聘人员带到一个农场,分成两人一组,每组给一把铁锯,一块圆木,让他们比赛看哪组锯得最快。

开始时,各组情况都一样,两个陌生人总是不合拍,不是一个人太快,就是另一个人太慢,铁锯常常夹在木板中,进展很慢。等锯了一会儿,情况就不同了。有的组,两个人还是不能互相配合,快慢不当,又着急赶速度,越急越配合不好,还互相埋怨,结果累得满头大汗,仍进展缓慢,自然落在后面。有的组,两个人经过一段时间磨合,配合默契,掌握规律,一拉一扯,让锯以最快的速度来回运转,不一会儿,就把木头锯开了。

结果,这两个最快把木头锯开的人,被优先录取。

我听了,觉得很有趣,但又有几分不解:用人和拉锯有什么关系?

"当然有关系了。"朋友解释道,"现代科学技术发展迅猛,专业化趋势越加明显,社会分工更加精细,一个人即使再优秀,如果没有他人的合作,没有一个优秀的团队,也很难成就事业的。毕竟,一个人的知识和精力总是有限的,只能做其中很少的一部分,要想成就大事,必须依靠集体,依靠团队合作才能完成。不懂得与别人合作的人,即使再优秀,也做不成什么大事。所以,企业在用人时,愿意录用那些懂得并善于与他人合作的人。"

你必有一样是出色的

经营梦想

他生长在一个普通的农户家里,小时候家里很穷,他很小就跟着父亲下地种田。每次在田间休息的时候,他坐在田边望着远处出神。父亲问他想什么?他说,他将来长大了,不要种田,也不要上班,他想每天待在家里,有人给他往家里邮钱。父亲听了,笑着告诉他说:"荒唐,你别做梦了!我保证不会有人给你邮。"

后来他上学了,有一天,他从课本上知道了埃及金字塔的故事,他就对父亲说:"长大了我要去埃及看金字塔。"

父亲生气地拍一下他的头,说:"真荒唐!你别做梦了!我保证你不会去。"

十几年后,少年长成了青年,考上大学,毕业后做记者,写文章,写书,平均每年都出几本书,一本书就卖了几百万册。他每天坐在家里写作,出版社、报社给他往家邮钱。他用邮来的钱去埃及旅行,他站在金字塔下,抬头仰望,想起小时候爸爸说过的话,他在心里默默地对父亲说:"爸爸,人生没有什么能被保证!"

他——就是台湾最受欢迎的散文家林清玄。他那些在他父亲看来十分荒唐不可实现的梦想,在十几年后他把它们变成了现实。

我们每个人小时候都有一个美好的梦想,有的想当作家,有的想当画家,有的想当科学家。正是这些梦想,为我们未来种下了一颗成功的种子。因为梦想就是希望,是一种直觉,是与你天性中的潜质最密切相关的。但是梦想又往往和现实有着遥远的距离,所以需要经营。经营梦想就是通过自己不懈的努力把看似遥远甚至有些荒唐的梦想一步步变成现实。每个人最初的梦想,在别人看来都是不可行的,因为别人只能用已知的理论来判断梦想的价值,而世界上许多在当时被看作荒唐不切合实际的梦想后来都一一变成了现实。很多伟大发明、创造都是从最初的虚拟荒唐逐渐走向清晰最终变成现实的。林清玄是一个农家子弟,他想让别人给他邮钱,想上埃及看金字塔,看起来十分好笑,连父亲都嘲笑他,但是他为了实现自己的梦想,十几年如一日,每天早晨4点就起来看书写作,每天坚持写3000字,每年就是100多万字,终于成为台湾最优秀的散文家,实现了自己的梦想。

记得有位哲人说过:世界上一切的成功、一切的财富都始于一个意念,始于我们心中的梦想。也就是说:成功其实很简单。先种下一个梦想,把它当作生活的目标,奋斗的动力,每天勤奋工作,一点点缩短现实与梦想的距离。不管别人说什么,都永不放弃。你要坚信:世界上没有什么能被保证,只要我们能梦想的,我们就一定能实现!

你必有一样是出色的

傻瓜天才

那天,纽约各大报纸上同时登出一则广告:1美元出售豪华轿车。许多人都看了,看过就放下了,以为是愚人节,或者是笑话、小幽默。所有的人都认为:1美元卖一辆豪华轿车,是不可能的。除非傻瓜才会这么做。只有他例外,看了这则广告,就按着报纸上的地址找到刊登广告的人,一位中年女士接待了他,带他去看车,那是一辆很新的豪华型轿车,他看了有些不太相信地问:"确实是1美元出售吗?"

"是,1美元。"

他交给她1美元,她就把车钥匙交给他:"先生,这车是你的了。"

他接过钥匙,兴奋至极,又实在忍不住,问:"女士,我能知道这是为什么吗?"

"我丈夫去世了,他在遗嘱中把这辆车赠给他的情妇,但把转赠权交给我,所以我就以1美元出售它。"

原来是这样,但是没有关系,因为毕竟他用1美元买了一辆漂亮的车。回去的路上,朋友看到他开着一辆新车,问他多少钱买的。他告诉他:1美元。朋友听了,后悔万分:"我也看过那则广告,但以为是开玩笑,就没在意。"

看过广告没在意而错过拥有一辆豪华轿车,远不止他一个人吧!许多时候,我们错过了好机会,不是因为太傻,而是因为太聪明。

这个故事到此并没有结束。许多人听过就听过了,或者一笑,或者会想:如果有下一次,我们会好好把握。但是机会只有一次,其他都是你的邻居在敲门。所以别人想怎么再花1美元,买个大便宜,而他却换个方式,想:制造一样什么东西,只卖1美元。他把想法一说,别人都笑他傻,1美元能买什么?现在物价这么高,连一支冰淇淋都要几美元,没有什么东西可以卖1美元还能赚到钱。可是他并不在意别人怎么说,做梦都在想,制造一样东西,只卖1美元。终于,机会来了,他在因特网上发布信息说:任何用户想得到娱乐,他将在一年365天中每天都向他发送一则谜语。消息发布之后,来订购的人不计其数,他一下就拥有了25万全年订户。并且每户都给他寄去了1美元的订费。

你提出一个想法,别人会说你傻,你实现了,大家就说你是天才。现在这位傻瓜天才在夏威夷,每天清晨起床后,想出一则谜语,用电子邮件发出,然后就可以去海滩娱乐了。

你必有一样是出色的

从后边开始

  一次,去一家少儿杂志社看一位编辑朋友,给她捎去一本新出版的青年杂志。她接过我带给她的杂志,看看封面,然后把杂志翻过来,翻到最后一页看,然后就这么倒着往前翻着看。我看看她,不觉有些奇怪:"你怎么从后面往前读?"

  她笑笑说:"因为这样轻松啊!我们编杂志总是把比较严肃、沉重的大题材放在前面,而把轻松的故事、幽默的漫画放在后面,这样让读者越读越轻松。可是我做编辑,整天和文字打交道,工作之余不愿意再看那些太沉重的文章,就从后面找些轻松地看。"

  "那你看书呢?是从前往后按顺序看,还是从后往前倒着读?"

  "一本书前后是连贯的,而且往往开始轻松,越往后越沉重,读起来也越累。当然不能从后往前看了。"朋友停顿了一下,又说,"不过,不瞒你说,有许多书我也是先看了后面的。"

  "为什么呢?"

  "因为想知道结果。"

  "知道了结果再读还有什么意思呢?"

  "有些书,实在扑朔迷离,很难读懂,好像层层迷雾环绕,理不出个头绪。所以忍不住翻到后面,知道了结果,再往前看,前边的谜就都解开了。读起来非常简单。"

现代人生存压力越来越大,工作之余就喜欢找些轻松和简单的事做,怪不得现在直白浅显、调侃搞笑的书、电视剧越来越畅销了。把原本该放在后边的拿到前边,去掉沉重和复杂,读者观众高兴买账,编者演员走红赚钱,皆大欢喜,不亦乐乎?

可惜人生这本大书,不能倒过来读,无法从后边开始,所以注定无法轻松和简单。

你必有一样是出色的

爱,不能承受之轻

曾经读过一篇文章,主人公是一位妙龄少女,她深爱着自己的男友。有一天,她问他:我在你心里有多重?他说:你在我心里的重量,是21克。女孩很失望,她伤心地想:他对我的爱才21克,而我却把他当作自己的生命。

爱的天平倾斜了。女孩最终决定与男友分手。就在说分手时,一辆车疾驶而来,眼看就要撞倒女孩,男友冲过去把她推开,自己却倒在车轮下……

"我对你的爱,重,21克……"这是他留给她、留给这个世界最后的话。

女孩伤痛不已,更让她伤痛的是——3年后,一个偶然的机会,她看到一部外国电影,片名就叫《21克》,才知道这个源自西方的古老传说——每个人死后身体会减轻21克的重量,这便是灵魂的重量。一瞬间,她泪流满面!曾经有一个人,对她的爱重21克,而她却认为它太轻,放弃了。现在她终于明白,他有多么爱她!可他已经不在了!

这个故事也许是虚构的,但我还是被深深地感动了。在我心中,它比真实更真实。

我知道,灵魂是不可以称量的,但我相信它是有重量的。如果,我们只有 21 克的灵魂,那么,这也就是爱的重量。

所以,当一个人对你说,他的爱重 21 克时,那便是最重的爱,因为那是他全部的生命啊! 一个人,无论生前有过多少功名利禄,荣辱成败,都会随着生命的终结而消失,能够留在世上的,只有 21 克的灵魂。

21 克的爱,便是最重的爱。

可惜,年轻时,我们不懂爱情。总以为,爱一定是浪漫的,伴着玫瑰、咖啡。总以为,爱一定是沉甸甸的,伴着香车、豪宅。不可否认,商业时代的爱情,或多或少和物质联系在一起。玫瑰 VS 咖啡,确实能营造爱的氛围;香车 VS 豪宅,无疑会夯实爱的基础。但物质的爱,无论多么繁华,终有尽头。它局限在自己的局限里。爱,说到底,是心灵的产物。

> 多少人爱你年轻欢畅的时候,爱慕你的美丽,假意或真心,只有一个人爱你朝圣者的灵魂。

英国诗人叶芝的诗,最能道出爱的本质——
爱,不是肉体的欢畅,不是精神的绽放,它是一场灵魂的朝圣。
所以,请不要,不要轻言爱,那是你所承受不起的。

你必有一样是出色的

与音乐恋爱

爱上音乐,是最近的事。

以前曾喜欢过流行音乐,喜欢崔健、重金属乐队,还有喜多郎,他们对于我,有点像是初恋,初恋的爱不是爱,仅仅是异性间的好感,因为不懂,自以为是爱。直到真爱到来。

那天在音像店买喜多郎的CD,碰巧旁边放着一套新出版的古典音乐珍品典藏,就顺手拿了两盘。当时的想法很简单,不能老听流行音乐,也该听一听古典了。至少朋友聚会的时候,别人谈起海顿,我也可以说两句巴赫。就这样,听了巴赫,听了柴科夫斯基。这一听就把自己整个给听进去了,我从来没想到声音会有那么大的力量,把自己完全穿透,感觉不到身体存在,只有声音,带着你,在飞。

当天,我又去了音像店,把全套CD都买了回来,莫扎特、贝多芬、肖邦、海顿、比才,一共100盘,收录了全球50位最优秀的作曲家的重要作品。我平生第一次中断写作,每天从早到晚,不间断地听。听得灵魂起舞,时而开怀,时而落泪。你无法想象,他们每个人的音乐都那么好,让你无法拒绝。

我最钟爱的是柴科夫斯基,虽然我也喜欢莫扎特,有人说他是天使，但我觉得他更像圣母。他的音乐纯朴优美，宽广而深厚，闪耀着自在的欢乐。他极少使用不和谐音，而柴科夫斯基正相反。在音乐史上，从来没有谁像他那样用过那么多的不和谐音，听他的音乐，你得捂着胸口听，要不然，说不上什么时候心脏会被他敲出来。这也正是他的迷人之处。他的音乐质朴粗犷，阴郁而又充满力量，有一种喷薄而出的野性之美。他的第六交响曲《悲怆》是对人生最好的诠释，从来没有谁比他更看穿人生，看穿却仍怀有激情和狂热，这是我所达不到的。他是情人节我最想约会的男性，但万万不可嫁给他。

贝多芬是第二位最具男性魅力的音乐大师，他的音乐非常有力量，那力量源于痛苦，这一点，他和柴科夫斯基一样，但不像他那么绝望，因为他心中有一个上帝，他虔诚地制造着欢乐，在耳朵已经失聪的情况下，他完成了《欢乐颂》，那已超出了人间的欢乐，是被痛苦置换的欢乐。

下一位就是比才了，虽然他只活了36岁，虽然他不像以上两位那么多产，但他是唯一一个仅凭一部作品而挤进排行榜的作曲家。他的音乐轻盈美妙，悦耳动听。那些旋律好像不是精心创作出来的，而是自然而然流溢出来的。《卡门》我已反复听了二十几遍，自始至终，都如此吸引我，没有一个多余的音符，是一部非凡的杰作。每一次聆听，我都恨不得能立刻拥抱他，真不知道这家伙是怎么写出来的，从古至今，深刻的东西易枯燥难懂，好看的又常肤浅，而把二者结合得如此完美，只有比才。

还有海顿、肖邦、圣桑、格林卡……真有些爱不过来的感觉，把他们留给未来的岁月吧。曾经，我想自己活到60岁就行了，长寿对女人是一种惩罚。但现在，因为他们，我希望自己长寿。我希望有足够的时间去爱他们。不是我贪婪，而是因为他们无可替代。与文学相比,他们更真诚、更炽热、更浓烈、不加修饰。他们是天生的情人,他们像孩子一样纯净,像老人一样智慧,像动物一样凶猛,像天使一样美丽。所以爱起来很过瘾,每一次都很陶醉。

找回颤动的感觉

这是一位商界朋友的故事。

他出生在北方一个小镇,父母都是普通工人,收入不多,还要养活三个孩子和两位老人,日子过得紧巴巴的。每到月底,母亲便到邻居家去借钱。他不想一辈子像父母一样,住在低矮的平房,过着入不敷出的生活。唯一的希望是考大学。于是发奋努力,用功苦读,终于如愿考上省重点大学。

毕业前最后一次班会,班主任童老师说了许多祝福和叮咛的话,然后发给每人一张稿纸,让他们写出自己认为未来人生最重要的三件事。算是高中最后一篇作文。童老师是教语文的,但她说,这次她不会打分,因为生活本身会给他们最公正的分数。

童老师话音刚落,他就在稿纸上写出答案:赚一万元钱、住有阳台的楼房、看罗大佑演唱会。

那是1985年,他18岁。现在,20年过去了,已成为京城富商的他,又回到故乡,参加母校50周年庆典。他见到分别多年的同学,和已经退休的班主任童老师。他为老师准备了一份贵重的礼物——LV包。这是他一贯的做事风格,要么不送,要送,就一定让对方记住,让对方感动。只要一感动,剩下的事情就好办了——虽然这一次,他无求于老师。

但他的礼物,好像并没让老师感动——这位一辈子生活在小镇、奔走于校园的中学女教师,似乎对法国的著名品牌并无多少印象。相反,他自己,却被老师的礼物深深地感动了!那是20年前他离开学校时完成的最后一篇作文。

"赚一万元钱、住有阳台的楼房、见偶像罗大佑。"他看着那有些发黄的稿纸、那笨拙稚嫩的笔迹,不禁百感交集,眼泪一瞬间涌了出来。这些儿时的梦想、曾认为生命中最重要的事,他早已实现。但实现之后,他并不觉得它们重要了。

"如果现在,让你写下过去20年,对你影响最重要的三件事,你会写什么?"老师问。

他思考片刻,拿出笔,在稿纸背面写下:母亲的饺子、好友的存折、妻子的字条。

老师看了,微笑着道:"给我讲讲吧。我相信,每件事背后,都藏着一个故事。"

他点点头,向老师娓娓道来。

那一年,他29岁,辞职创办自己的公司,忙得晕头转向,春节也没回家。除夕夜,他往家打电话,母亲问:"有没有吃饺子?"他说:"吃了,在超市买的速冻水饺,一点也不好吃。真想吃你包的三鲜馅饺子。"初一晚上,他刚刚上床睡觉,就被门铃声叫醒,开门一看:是母亲。她坐了12个小时的火车,给儿子送饺子来了!

"那是我一生中吃过的最好的饺子!现在回想起来,还能感受到那种特有的香味。"他对老师道。

一年后,由于资金受阻,加上内部矛盾,公司经营不下去,倒闭了。当初创办公司,他把所有的积蓄都投进去,现在不仅没赚到钱,还欠下几万元债务。心灰意冷的他,萌生轻生念头。这时,一位平时并不十分亲近的朋友找到他,给了他一张工商银行的存折,把6位数密码告诉他,然后转身就走了。

"存折上有 6500 元钱,是他的所有积蓄。他是一名公务员,每月薪水不到一千,每次发薪就存一二百元,每次存钱的记录都在上面。其实我知道,这点钱起不了什么作用,对我起作用的,是存折主人的真诚和信任。就算是为了报答他,我也一定要收拾残局,东山再起!"

说到这儿,他停住了,陷入深思,仿佛又回到那充满艰辛的拼搏岁月。

"那妻子的字条呢,一定是个浪漫的故事吧!"老师用慈爱的目光看着他,道。

"不,一点也不浪漫。那字条上没有写'我爱你''我想你'这些甜蜜的话。当时那种情况,我们根本没有心情。"

"噢,发生了什么事?"

"那是两年前,我由于长期劳累和工作紧张,患了一种耳疾,医学上叫乳突炎。先是左耳感染,后来右耳也染上了。那段时间,她一直陪着我,每天帮我热敷,清洗耳道。但病情越来越重,需要动手术。手术前夜,我担心手术失败,自己会失聪。她就给我写下那张字条:亲爱的,别担心,我愿意永远做你的耳朵!"

老师被他的故事打动了,像一位慈爱的母亲,伸手在他的背上拍打几下,意味深长地道:"知道吗,20 年前,你们写在纸上的答案五花八门,有的很虚幻,有的很物质。20 年后,你们在生活中找到了自己的答案,虽然各不相同,但读来读去,我只读出两个字——感动。其实想想也对,生活中还有什么比感动更重要的呢!"

是啊,生活中还有什么比感动更重要的呢!它只轻轻一下,就拨动了心弦,荡起的涟漪久久挥之不去。无论何时、何地,回味起来,总有一种颤动的感觉。那是心灵的颤音,是岁月老人无法带走、死亡之神无法摧毁的最深最美最真的情!

你必有一样是出色的

在炕上吃饭

父亲是左撇子,并且遗传给了妹妹,当然,这是她自己的事,并不影响我,除了在饭桌上吃饭,我们的筷子经常碰到一起引发一场小小的战争。那时我们一家五口居住在一个只有一室一厨的平房里。厨房三分之一的面积被炉子占领了,与此相应,住房三分之一的面积就给了北方人习惯居住的火炕。

从我记事起,火炕就是我们家居生活的主要领地。晚上铺上被褥,全家人像一个班里的战士一样一字排开睡到天明。白天放上一张小方桌,我们兄妹三人围坐在一起,写字涂画。等我们涂写完了,父母也做好了饭,全家人围坐在炕上吃饭。炕很大,但饭桌很小,5个人显得有些拥挤,何况我们三个为了争抢好位置常常挤坐在一起。所谓好位置,冬天是指靠近厨房一边的热炕头,夏天正好相反。我们常为争夺地盘争吵,加上妹妹是左撇子,吃饭时经常被她碰掉筷子。所以我的童年生活基本上是在战争中度过的,但当时并不觉得怎样,我以为天底下的人都像我们一样,生活在以父母为核心的炕周围。直到那一年隔壁搬来新邻居。

新邻居是一对上海知青,所以他们的家和我们不同。最明显的是他们家没有炕,他们睡觉的地方是四个腿支起的一张木制床。上面铺着好看的镶着花边的床罩。床对面的空地上摆了一张有三个腿、几乎和我一样高的圆形方桌,平时铺着一块绣着花边的布罩,旁边还有三把带靠背的椅子。有一次我去的时候正好赶上他们吃饭,一家人坐在桌旁,呈三角形,中间各留有空隙,那个和我同龄的小女孩儿优雅地坐在椅子上,从容地移动筷子,即使两边都是左撇子,也不用担心碰到谁。那一刻,我幼小的心灵就像荒凉的土地上疯长出的野草,随着他们移动筷子而剧烈摇摆。当时我还不知道那是一种什么东西。现在知道了,这就是欲望。

我太想像他们那样,拥有一张有三个长腿的圆形饭桌和带靠背的长椅。我做梦都在想坐在圆桌旁的长椅上吃饭是一种什么感觉。为了这个,我努力了10年。实际上,在我去省城读大学之前,我们家已经搬到一个比小镇繁华的小城,已经像上海邻居一样,在床上睡觉,在地上吃饭了。但我依然固执地要离开,冥冥中我总觉得这不是我要的生活。但究竟想要什么,我也并不十分清楚。我唯一清楚的就是一定要走。我不想像父母那样,把自己的未来交给这座小城。那一年我17岁。

现在,又一个17年过去了。17年间,我几乎走遍了中国有名的大都市,吃过许多有名的大饭店。从三星级到五星级,从热闹的百人宴席到万元一桌的豪餐。如果不是因为那次采访,我几乎已经忘记了,这个世界上还有人群在炕上吃饭。

那是一个寒冷的冬天,我们一行3人去一个偏远山区采访一位身患白血病的女孩儿。我们到的时候,已经是中午了。一进门,女孩儿的母亲拉着我们的手,亲热地说:"外面冷吧。快上炕暖和暖和,我早晨4点就起来烧火,炕头可热了。"她一连说了几遍,使本不打算上炕的我们不好意思再拒绝了。

我脱鞋上炕,坐在又硬又热的炕头上,温暖但十分不舒服。我移动了一下身体,女孩儿懂事地扯过被子,放在后面让我靠着。我感觉舒服些了。女孩儿的爸爸搬来一个十分陈旧的小方桌放在炕上,进进出出往里端菜。女孩儿坐在桌旁给我们分筷子。吃饭的时候,她紧挨着我,不时给我夹菜。我们坐得太近,她转身的时候碰到我的筷子,筷子差点碰倒摆在我前面的杯子。我拿起杯子放到身后窗台上,她则一伸舌头冲我调皮地一笑。阳光透过窗子斜射进来,照在她苍白而稚嫩的脸上,可以清晰地看到上面一层细小的绒毛。想到这样幼小的生命可能不久于人世,我不仅悲由心起,拉过她的手说:"告诉阿姨,你最喜欢什么?"

"坐在漂亮的房间里吃饭!像电视里演的那样。"女孩儿毫不犹豫地回答道。

一瞬间,我热泪盈眶。这都是命运的错误,让她在这样小的年纪得了这样的病。但命运并没有完全抛弃她,也让她怀了和我当年同样的渴望。我一伸手把她揽在怀里,告诉她我要带她去滨城最好的饭店吃一顿最好的饭。为了这个,我们留了下来。晚上我和女孩儿紧挨着睡在热得有些烫人的炕头上。她翻来覆去睡不着,为了明天那顿即将到嘴的美餐。而我很快就入睡了,很安详,像疯狂后的平静。

充满父爱的天气预报

父亲是山东人,爱听吕剧,一边听一边摇晃着头哼唱。因为我们吉林省的电台不怎么播,他就专门买了一台收录两用机,可他还没来得及买带,我们就弄了盘邓丽君歌带,父亲听了,大叫:难听死了!闭上!我们只好在他不在家的时候听,后来他终于买到一盘戏曲带,他一听,我们也叫:难听死了!叫归叫,却不敢给闭上,谁也不想挨他一巴掌。因为我和哥哥、妹妹特不爱听,后来这盘带倒多了一项功能:每天早晨喊我们起床。

小时候母亲千方百计哄我睡,父亲说我睡的时间还没哄的时间长。后来长大上学,我像换了一个人似的,贪睡。早晨叫我起床不是件很容易的事。父亲母亲轮番叫,掀被子、打屁股,每天早晨上演一次。有一天,我正在甜美的睡梦中,忽然听见一声唱腔,如雷贯耳,吓得我以为路遇坏人。睁眼一看,录音机在吼,气得我大喊:把录音机关了!父亲说:"你快起来,你起来我就给你换邓丽君。"不堪忍受耳朵和心灵的双重痛苦,别无选择,只好起来。父亲倒遵守诺言,我一起床,他真的换上了他最烦的邓丽君。这样每天早晨6时起来,我一边听歌,一边梳洗、吃饭,但只能听到6时20分,因为父亲要听天气预报。确切地说是父亲打开让母亲听,这个时间他看报。本来听歌正听得入迷,却突然要换天气预报,心里很来气。依我看,天气无非就两种:阴或晴,下雨或不下雨,我们家又没有从事户外工作的,听不听有什么两样?但是父亲说了算,他负责调收音机听天气预报,他本人继续读报,我猜他从来就没听。每次都是妈妈嘱咐我们多穿衣服或少穿衣服,带伞或不带伞。

后来我去省城读大学,也就是那年,家里添了台彩色电视机。我放假回家,没事就看电视、听歌。本来正欣赏毛阿敏演唱,父亲一看表说,快换吉林台,听天气预报。我说刚才你不是看了白山台的吗?知道本市的天气就行了,管别的地方干什么?父亲听了不言语。妈妈在一旁说:就是,她都从长春回来了,这个月不用看了。我看看妈妈,妈妈说:你走了以后,你爸每天都看天气预报,看了白山台再看吉林台的。我不知道是父亲亲自看还是打开让母亲看,不过都一样。我在长春离家这么远,他们知道长春有雨又能怎么样,还不是白操心!

4年后我大学毕业分配到滨城大连,离报到还有半个月时间我先回了家,每天仍是泡在电视机前。有一天晚上看完中央台新闻联播我要换吉林台看音乐欣赏,父亲说等会儿,看看天气预报。我心里想,父亲又上一新台阶,开始看中央台的天气预报了。他一边看,一边自言自语:大连是海洋气候,可能比我们这雨天多。我听了心里一动,认真看了看电视上的气象图,在鸡脖子底下那小块,就是大连,再过些天,我就要奔向这个对我来说还十分陌生的城市了。

走的时候,父亲要去送我。除了4年前第一次离家他送过我,以后我每次来来去去他看上去并不太在意,可这一次,父亲似乎有些异样。我悄悄问妈妈,妈妈说:你爸昨天晚上几乎一宿没睡,他说:以前每次走总觉得你很快就会回来,这回可是真的走了。我说爸爸不是总是说毕业后让我走得远远的,留在家里没出息吗?妈妈瞪了我一眼:那是他嘴硬,他心里是想你留在身边。

到了火车站,父亲让我坐在候车室里等着,他去买票,一会儿他回来把票给我,让我放好,别丢了。父亲看看表,想起什么,说你在这儿别动,我去一会儿就来。过了一会儿,人群涌动起来,要检票了,可还不见父亲的身影,我急得向四周望,终于看见父亲从人缝中向我这移动。等他挤过来,我看见他身上的白衬衫湿了一大片,手里拿了把蓝色白花折叠伞。我说我有伞,你买它干什么?父亲说两把伞一把放在单位,一把放在宿舍,你不听天气预报也没关系了。

火车开动了,父亲一直站在站台上,直到我走远。我很想他转身离开,好让我看看他的背影,但始终没看到。许多年来,我一直为我读过的那篇描写父亲的著名散文《背影》里的父亲感动,他那风中的白发、蹒跚的步履、微驼的背影,这些明显衰老的标志每一样都让我感动。可这些在我父亲身上一样也没有。但我依然感到父亲已在衰老,他是从性格上衰老的,他变得越来越琐碎了。他学会在我们在家的时候不听他的山东吕剧了,他也学会在我们不在家的时候听天气预报了。那次离家以后,我也开始看天气预报了,因为有两把伞,下不下雨对我已不重要,但我还是会在每晚上新闻联播后收看中央台的天气预报,我知道此时父母一定相守在电视机旁,和我"共同"收看天气预报。尽管这里不会预报我的故乡小城的天气,但这又有什么关系呢?他们本来关心的就不是他们自己的"天气"。

你必有一样是出色的

细节人生

某国际著名公司招聘考试。

第一轮笔试,录取了 10 个人,都是名牌大学毕业生,只有罗凡一人毕业于普通院校。

接下来是面试,罗凡排在最后,轮到他时,已经快到下班时间了。当他走到决定自己前途和命运的那扇门前,深深吸了一口气,轻轻地敲了两下门,听到回声,推门进去。房间不大,正对面坐着三位主考官,一位长者和两位 30 岁左右的年轻人,其中一位桌上放着厚厚的材料。罗凡一眼就看到有一页信纸掉在桌前地板上,他走过去,弯身捡起。一抬身看见墙角有一把笤帚倒在地上,又回身走过去把笤帚扶起来,然后才走到主考官前,在那把许多人坐过的椅子上坐下,回答考官提问。

三位主考官分别问了他几个问题,他一一回答,然后就让他走了。

一个星期后,招聘结果出来了,罗凡是唯一被录取的人。许多人不解,一位考生愤愤不平,质问那位年龄最长的主考官:为什么录取他?我们可都是名牌大学毕业,笔试成绩也比他好,我们到底差在哪儿?

主考官微笑着说:"的确,你们毕业的大学比他好,笔试成绩也比他好,唯一比他差的是:面试时罗凡把掉在地上的信纸和歪倒的笤帚捡起来,而你们没有。"

那位考生听了,不以为然地道:"这算什么?我们是来应聘考试的,又不是你们公司的勤杂工,难道掉在地上的东西也要管?"

"是的。"主考官看着他,耐心地解释道:"因为,这是我们其中的一道考题。可惜,你并没有回答,噢——不对,不回答也是一种答案,但并不是我们想要的。"

"可是——"考生有些羞红了脸,但仍不服气地辩解道:"我是名牌大学毕业生,是要做大事的,这点小事算什么?"

主考官收起笑容,神色庄重地说:"伟大的事业都是从小事做起的。我们这里也一样,小事更能体现品质。我认为,一个不能把公司财产当作自己财产一样爱护的人,是不适合成为公司一员的。对不起,年轻人,请另谋高就吧。"

你必有一样是出色的

只是一团污迹

周末,好友打来电话,约我晚上去老榕树酒吧,我如约而至。几年来,我们许多个周末贡献给了这里。大部分时间是在这儿疯,很放纵的那种,喝酒、听歌。也有很正经的时候,心情不好或遇到棘手的事,就来这儿倾诉,互相帮着出主意。虽然他在电话里什么也没说,但直觉告诉我,今晚就是这后一种。

好友在包间看电视等我,桌上摆了瓶红酒,我们坐下来喝酒,闲聊了几句,然后话锋一转,切入正题。

"上个月我去上海,接触了一家公司主管,他有意让我去他那做事。他们是这个行业很有名气的大公司,这么说吧,相当于IBM。"

我看看他,我们从小学到中学同窗十载,考上大学才分开。我学化学,却不喜欢做实验,他学机械,动不动就跑到我们实验室。我怀疑我们都入错了行。果然,毕业没多久,就各自离开了本行。

"你知道,我从公司辞职出来,就是想创办自己的公司,为此吃尽了苦头,但我不是轻易认输的人,我相信所有的付出终有回报。可到现在已经3年了,公司不死不活,整天为合同、订单绞尽脑汁,还有房租、物业、人员开销,辛辛苦苦赚的钱一转眼又支出去了。一天到晚忙个不停,四处奔波,我真担心哪天撑不下去。"

我们慢慢喝着酒,电视新闻在播"下岗"节目。在很多人遭遇下岗、为失去工作而痛苦之际,我们却在为该不该接受年薪10万元的工作而犯愁。我们这是怎么啦?

我端起酒杯,晃动了几下,说:"你知道,有机化学实验,每次反应组分相同但得到的生成物却不相同,生成物的组分不仅取决于反应物,还取决于反应时状态,如温度、气压、搅拌速率等。人生进程就像有机化学反应,处于一种不确定状态,我们唯一能确定的就是:付出不一定有结果,但不付出就一定没有结果。"说到这,我停顿了一下,问:"如果坚持自己做,会有什么结果?"

"两种结果:成功或失败。"他干脆地道。

我点点头:"成功和失败的概率各占多少?"他摇摇头:"我不知道。"

"那就是各占50%。"我说,又问,"去那家公司,会有什么结果?"

他思索片刻,道:"过一种稳定而庸常的生活。"

我盯着他,加重语气道:"那好,我问你,你甘心为了100%的平庸放弃那50%的成功机会吗?"

他叹口气,点了支烟,沉默不语。我拿出记事本,撕下两张纸:"这样,你先别急着做决定,回去以后好好想想,把两种选择可能带来的结果列个清单。"

我们待到10点离开,赶回家看国际影院的名片欣赏,今晚演《居里夫人》。我是学化学的,当我看到居里夫人在简陋的实验室搬成袋的沥青矿渣,倒在一口大铁锅里,用一根粗棍子不停搅拌,我惊讶地说不出话来。那根本不是我印象中的实验室。由于居里夫人只是理论上推测但无法证明新元素镭,所以巴黎大学的董事会拒绝为她提供实验室、设备和助理,她只能在学校一个无人使用、四面透风的破旧棚子里做实验。

你必有一样是出色的

整整4年时间，居里夫人就工作在这个实验室，最初两年做的是粗笨的化工厂活儿，不断地溶解分离，最后剩下的就是镭。经过一千多个日夜的辛苦工作，8吨小山一样的矿渣最后只剩下器皿中的一点液体，再过一会儿将结晶成一小块晶体，那就是新元素镭。居里夫人满怀希望抑制住剧烈跳动的心朝那只玻璃器皿望去，她看到4年的汗水和8吨沥青矿渣最后提纯的结果——只是一团污迹！我想她一定会大失所望，大发其火，愤怒地把那个器皿连同里面的污迹扔到地上，摔得粉碎！假如换了我，肯定会那样做。但居里夫人没有，幸亏没有。

居里夫人拖着疲倦的身体回到家，夜里她躺在床上，怎么也睡不着，还在想那团污迹，想找出失败的原因。"如果我知道为什么失败，我就不会对失败太在意了。为什么只是一团污迹，而不是一小块白色或无色晶体呢？那才是我们想要的镭。"居里夫人自言自语地说，突然，她眼睛一亮：也许镭就是那样，而不像预测的是一团晶体。她赶紧起身跑到实验室，还没等开门，就从门缝里看到了她伟大的"发现"：器皿里那团不起眼的污迹，此时在黑夜中发出耀眼的光芒。这就是镭！一种具有极强放射性的元素。

我望着那团耀眼的光芒，心头一亮，一瞬间我忽然明白了：为什么我们大多数人总是与成功失之交臂，当我们两只眼睛盯住成功的招牌时，无法保留一只眼睛注视自己，反省自己，又怎么可能去理会那团不起眼的污迹呢？

夺命的腿

认识他,是在医院里。虽然穿着蓝白相间的病服,依然挡不住他的年轻和英俊。他总是微笑着,推开隔壁病房的门,安慰住在里面的我们,虽然他患的是比我们所有人都更严重的危及生命的骨癌。

发现骨癌,是两个月前,他正办理出国手续,去澳大利亚,他相恋多年的女友在那里。他们约好这个冬天一起去滑雪。拿到签证的时候,他高兴地飞奔,去给女友打长途电话,路上他摔倒了。右腿软软的,抬不起来。去医院检查,是骨癌。医生让他立刻住院动手术,截去右腿,这是保住生命的唯一方式。但是,被他拒绝了。

家人、朋友、医生、病友们反复劝他:"还是做手术吧!毕竟,还是命要紧!"

他却坚定地摇着头:"不,对我来说,腿和生命同样重要!我宁可失去生命,也不会截断这条腿!"

没有他的签字,手术无法进行。医院和家人只能尊重他的选择,为他做药物治疗。因为化疗,不到两个月,一头黑发都掉光了!而这两个月间,他想要保住自己的腿的强烈愿望和想要活命的强烈愿望每一刻都在交织争斗着,相互妥协着。最后,终于还是想要活命的愿望占了上风,他改变了最初的决定,同意做手术,截去患病的右腿!

他在手术单上签下自己的名字,然后,最后一次凝视了一眼自己的右腿,就被推进手术室了。手术整整进行了4个小时,他一直在昏睡中,他一会儿梦见自己和女友手拉手在白茫茫的雪山上滑雪、驰骋,一会儿听见金属锯在骨头上的摩擦声。等他再一次醒来的时候,只感到右下侧剧烈的疼痛,他慢慢把视线转过去,那里已经空荡荡的。他的眼泪顷刻间流了下来,他感到心在剧烈的疼痛,比身体的疼痛剧烈100倍!

但是,事情的结果是最坏的那种。因为错过了做手术的最佳时间,他的病情急剧恶化,癌细胞已经扩散了。他的这条腿白白地被锯掉,他将要带着仅剩一条腿的残缺身体走向生命的尽头!

知道这个消息时,我们所有的人都哭了,为他,和他那条被截断的腿。

"后悔吗?"当他拄着拐杖,重新走进我们的病房时,我们所有的人都默默地看着他,虽然什么也没说,但目光中的疑问他已经看出来了。

"后悔。但不是后悔做手术晚了,而是后悔根本不该做这个手术!"

我望着他,那一刻,我一遍一遍不停地问自己:如果换作是我,我会如何选择?

最后的答案是:我也会和他一样,在开始的时候,选择第一个方案,保住腿;然后随着时间的推移,病情的加重,再改成第二个,保住命。然后两个都失去,然后再后悔。

许多时候,我们不都是这样,最初要坚守完美,后来却成残缺而失去的吗?

第三辑　不要卖掉自己的田

生命的钥匙

　　那一年，他才9个月，因为感冒发烧，住进了医院，打针吃药，可是仍然高烧不止，每次，放进体温计都升到最顶端。医院反复检查，却查不出病症。一个月后，他的病情更加严重，由于高烧导致全身麻痹，肌肉萎缩，不会动甚至不会哭，目光呆滞，看上去像一个布娃娃，没有一点生命气息。

　　看他的样子，医院已经决定放弃了，他的父亲也几乎不抱希望了，只是他的母亲，一直不肯放弃心中最后的一点希望。医生反复劝她："即使治好也是一等残疾，他还这么小，与其痛苦一生，不如把他献给医院做医学实验和研究，以帮助治疗其他同类病人！"

　　在医院的反复劝说下，最后，母亲终于同意了。可是，当医生来抱起孩子要走的时候，她突然冲上去拦住了："等等！"

　　医生停下来，看着她，意思是说：我们不是说好了吗？你怎么又反悔了？

　　母亲看着医生，双眼透着绝望中的最后一点希望："让我再试一下，好吗？"说着，她把手伸向衣兜，掏出一串钥匙，放在儿子眼前，来回晃动着。

　　阳光下，这串银色的钥匙闪着银色的光芒。也许是出于求生的本能,也许是母亲心中强烈的爱恋,总之,面对这串来回晃动的银色钥匙,他突然瞪大了迷茫、呆滞的眼睛,瞳孔随着钥匙转动了一下。只这一下,就把母亲的心牵住了。她一把抢过孩子:"不,我不能把他交给你们,无论如何,我一定要想尽办法把他治好!"

母亲辞了职,背着他走遍全国大大小小的医院,他的命保住了,但是他永远无法站立、无法走路,他成了一个生来就没有体验过站立、体验过走路是什么滋味,一生都要在轮椅上度过、生活不能自理的一等残疾人!

最痛苦的时候,他曾经在心里责问母亲:"妈妈,你当年为什么不把我贡献给医院?如果那样,我就不会有这么些痛苦?"

可是,每次面对母亲的目光,这些让他泄气的话又无声地溜走。在生与死面前,母亲为他选择了生。从选择的那一刻起,母亲就知道:选择生,不是因为简单,而是因为困难!这些年,母亲为他遭受多少痛苦他无从知道,他只知道一点,那就是:儿子所有的痛苦,在母亲那儿,至少要扩大一倍甚至更多倍!因为痛苦,因为困难,才更要好好地活着!

到现在,30年过去了,他拥有一家自己的网络公司,并创立了中国第一家残疾人远程教育的中国爱心网校。在事业最艰难的时候,他也曾失望甚至想放弃过,但是每当此时,他就想起那串阳光下晃动的银色钥匙,他就又鼓起勇气,转动轮椅,开始阳光下的奔波。

等待心脏

他在这个城市很有名,他的名字家喻户晓,所不同的是,他的出名,不是因为他的贡献,而是因为他犯下的罪。

很小的时候,他的父母非常宠他、娇惯他,什么事都顺从他。他贪吃母奶,母亲就一直让他吃到5岁。他喜欢别人家的东西,母亲就想办法借来或要来给他玩。他贪玩不愿意上学,母亲就一直等他玩到10岁才不得不送他去上学。在学校他不学习、上课讲话、抢同桌东西、和同学打架,后来逃课、离家出走,后来,开始偷盗、抢劫,再后来,发展到敲诈、勒索,竟伙同别人绑架并残酷地杀害了一名5岁儿童人质,结果被判处死刑。那一年,他刚满22岁。

执行前一天,母亲去看守所看他。母亲一看到他,就拉着他的手哭个不停。"儿呀,都是母亲不好,害你到今天,你还有什么要求,跟我说,我一定满足你!"

他看着母亲,把脸凑过去,靠近母亲的耳朵,悄声说:"我想再吃一口你的奶!"

母亲愣了一下,望着儿子,慢慢解开怀,露出已经干瘪的奶头。他弯下身,张开嘴,狠狠地咬了一口。母亲惨叫了一声!他松开嘴,望着母亲,恨恨地说:"你养了我,却没有教育我。我恨你!为什么当初我贪吃你的奶时,你不阻止我!如果你那时就阻止了我,我就不会有今天这个结果!有你这样母亲,是我一生最大的悲哀!

"我来这个世界上一回,白白走了一遭,一点好事也没做,只留下个恶名。可惜,现在说这些也晚了。我明天就要走了,我只求你一件事,也是我这一生求你做的最后一件事,你一定要做到!我死后,不要保留我的遗体,把我身上所有有用的器官都捐献出去,送给那些需要移植的患者。这也是我在世上做的唯一一件有用的事,你一定要替我做到!"

母亲难过得说不出话来,只是一个劲地点头。

第二天,他被执行枪决。母亲按照他的要求,把他的遗体捐献给医院,医院立即解剖并与有关患者联系。他的眼球、肾、肺和心脏都非常健康,可以移植。很快,他的眼球、肾、肺都被送走并移植到患者身上,但是他的心脏,却无人接受。每个患者最初听到有心脏捐献时,都非常兴奋,可是当听到捐献者的名字时,都毫不犹豫地拒绝了。患者们一致回答:"他太坏了,他的心我不要!"

"人的行为是受大脑支配,和心脏无关,他的心脏是健康的。而且,你们也知道,可供移植的健康心脏非常珍贵稀少,等待心脏移植的患者都在排队,你们当中有人已经等了好几年了,如果现在不接受,下一个不知道要等待多久呢?"医生极力劝告患者们。

可是,患者还是都拒绝了:"我宁可永远等待心脏,也绝不会接受这样一颗坏心!"最后的结果是:他的心脏被废掉了。他的母亲最终没能满足他这最后的要求。

冷水朋友

晚饭后散步回来,正准备放水洗澡,电话响了。

是我的朋友。我们聊了起来。

小妹在旁边看看我,觉察到这将会是一次长谈,就插话说:"你打电话,我先洗了!"我点一下头,她转身走了。

我们谈了一个多小时。放下电话,小妹早已洗完了。她头上湿漉漉的,一边用吹风机吹干,一边问我:"谁呀?聊了那么久?是L吗?"

"不是。"我摇摇头说,"一个朋友,你不认识。"

小妹有些奇怪地看看我:"L在做什么呢?以前你们三天一小聚,五天一大聚,一天几个电话,最近怎么不来往了?"

"我也不知道。我们已经好久没联系了。"说完,我起身去卫生间,准备洗澡。

小妹说:"你等一会儿再洗吧,水可能凉了。"

"不要紧。"我说。我打开热水器,水果然有些凉,喷射到身上,感觉很不舒服,不想接近。我犹豫了一下,想等会儿再洗,可是一想到还得重新穿上衣服出去等,就硬着头皮站到喷头下洗。洗着洗着,感觉水不那么凉了,感觉到有些温乎乎的。再接着洗,感觉到水变得热乎起来。越洗越热乎,浑身从里到外,有一种说不出的温暖和舒适的感觉。以至于洗完时,竟有些不舍离开。

这是我第一次用冷水洗澡,它给我的感觉就如同刚才电话里的朋友。这位朋友是与L同期认识的,不过与L不同,他给我的最初印象很淡,很冷,不像L那么侃侃而谈,不像L那么热情似火,更不像L那样豪情万丈。所以相识最初,我们没什么来往,只是偶尔打打电话,感觉淡淡的,有些不太好接近。那段时间,我基本上和L在一起,如小妹所说,一天几个电话,一周见几次面,时常聚在一起,海阔天空,缅怀过去,展望未来。可惜,热情是不足以恃的。我们交往的频率和热度随着时间的增长而日渐递减,电话越来越少,见面也越来越少,到后来,我们便各自奔忙,各奔东西,连最简单的电话来往也中断了。

而这位与L同时相识的朋友,却由最初的淡渐变浓、冷渐变热,由偶尔打一次电话到彻夜长谈。他给我的友情就像冷水洗澡,热是藏在里面的,随着时间和往来才会浮出水面,才会感觉到那种温暖和力量。

可惜,生活中,我们遇到的大多数都是像L那样的热水朋友,否则,生活中就会少一些喧哗和浮躁,多一点踏实和宁静。

有所谓

一家公司招聘两名技术人员,有一位应聘者面试、笔试成绩都很好,负责招聘的主管觉得他技术很过硬,学历、仪表、家庭各方面都不错,综合条件比较好,就把他作为第一候选人推荐给公司总经理,总经理亲自主持最后一轮面试。他问的都是与技术无关的问题。诸如"你怎样对待错误""你为自己制订的人生规划""你怎样把自我价值与公司利益相结合",总经理对他的回答很满意,很认同他的观点。于是,他又问了最后一个问题。

"我们公司生产线每天16个小时,工人实行两班倒,每个班要配备两名技术人员,早班从早8点到下午4点,晚班从下午4点到午夜12点,如果你到我们公司来工作,你想挑选哪个班?"

这位应聘者听到总经理问这样的问题,以为自己已经被录取了,一直处于紧张状态的他刹那间放松了,也没多想,顺口就说:"无所谓,公司随便安排吧。"

总经理脸上掠过一丝不快,说了一句:"你回去听通知吧。"

他兴致勃勃地走了。出乎他的意料,这家公司并没有录取他。对此,不仅他有些不解,连那位负责招聘的主管也有些不解。主管就找了个午休的机会问总经理。总经理却反问他:"你我都是搞技术出身的,我问你,一名技术人员最基本的素质是什么?"

主管想了想,回答说:"创新。"

总经理摇摇头,说:"我认为应该是认真。技术是最讲科学的,来不得半点马虎,所以从事技术的人必须要认真,要认真到'较真'的程度。许多科学发明都是因为'较真'才发明的。所以我最不能容忍从一个搞技术的人嘴里说出'无所谓、随便、反正、算了吧'这种不认真负责的话。而他一句话就说出来两个:无所谓,随便。"

主管听了,仍然有些不理解:"可你问的是挑选哪个班这样的小事,并不是技术问题呀?"

"小事决定成功。每个人都是一个生物钟,有自己的节律曲线,一天的时间并不是均等的,有的时间状态最好是一天中的黄金时间,有的时间状态最差是一天中的垃圾时间,每个人的生物节律是不一样的,一个人应该知道自己的生物节律,把黄金时间留做最重要的事情,垃圾时间做垃圾事情。我问他最后一个问题的本意就在这儿,可他却想也没想,说'无所谓',我当时就决定不用他。我们是一流的公司,要用一流的人才,我们一定要选用'有所谓'的人!"

第三辑　不要卖掉自己的田

原版人生

春节我带女儿琳琳回吉林老家过年,哥哥也带他的女儿佳佳回去了。佳佳比琳琳大一岁,漂亮、文静,不爱说话,性格内向,人多的时候,总是自己坐在一边玩,半天不吱一声,偶尔说句话声音小得只有她自己能听见,一副乖乖女的样子。可是琳琳就不同了,性格像个男孩儿,活泼好动,一刻也闲不住,总是好奇地问这问那,声音大得连外边的人都能听见。而且不管你做什么,她总进来参与一下。她们两个在一起,性格相差分明,一下就显出不同来。

我和哥哥在一起,一谈到各自的女儿,就非常感叹。我说:"琳琳要有你家佳佳一半听话就好了。我整天让她闹得一刻也闲不住,有时候累烦了真想给她吃点安眠药,让她多睡会儿觉。每天只有她睡觉的时候我才能安静一会儿。"

哥哥却说:"佳佳要有你家琳琳一半的闯劲就好了。这孩子,太老实,见了生人不敢说话,让她去楼下买瓶酱油她不敢一个人去。现在社会这么开放,我真担心她将来长大了不适应。"

小妹在一旁听了,就说:"是呀。佳佳什么都好,就是性格太内向;琳琳呢,又太外向了。要是能把她们俩合成一个人就好了!"

大家听了都笑了。

我若有所思。每次,女儿惹我生气,我就想:为什么她不像别的孩子那样听话可爱,那样好好学习、让我少为她操心呢?什么时候,我才能像自己希望的那样,有一个让我满意的女儿、一个让别人羡慕的幸福之家呢?

有时候,我会有一些奇怪的想法,能不能发明一样仪器,把一个人的缺点一一过滤掉,最后只剩下优点呢?这在以前,只是一个荒唐的梦想,但是进入电子时代,通过电脑,可以来完成了。至少,可以把表面的缺点去掉。那天,趁女儿不在家,我把她的照片扫描到电脑,然后开始人工合成。女儿的短发不够秀气,我就从图片库,调出一个长发女孩,给她换上一头秀发。她的眉毛太粗,我又给她换了细眉。嘴太大,我又换成小嘴。这样一来,照片上的女儿变得漂亮、秀气又可爱,可是已经完全变了样,根本不像我的女儿。合成失败。我不死心,又重新操作一遍,等最后一点鼠标,嘿,图片出来了。可惜,连我自己都认不出是谁!

我生气地把图片扔进垃圾箱。屏幕上又闪出原版照片。这时候,我再看照片上的女儿,怎么看怎么觉得顺眼,可爱。望着原版的她,我突然明白,人生是无法合成的,生而为人,都有这样或那样的缺陷,正因为有缺陷,才有不满,有不满,就有欲望,有欲望,才有痛苦,有痛苦,才显出欢乐。缺陷、不满、欲望、痛苦、欢乐,组成人生。

父亲的账本

大二那年,我放寒假回家,早晨睡过 9 点才肯起床。赶着上班的父亲母亲,把饭温在锅里,有事就在我枕旁留张小纸条。一天早晨,我醒来,看见枕头旁留着张字条,是父亲写的,他今天没时间,让我去粮店买 2.5 公斤豆油。钱和粮本都在立柜的抽屉里。我起床梳洗,吃过早饭,打开抽屉,找到粮本,又找到父亲的工资袋。

父亲的工资袋挺满的,打开一看,只有 3 张 5 元、4 张 10 元的钞票,那厚厚的是一个牛皮纸小本,我拿出来翻开一看,只见上面密密麻麻地写满了数字:米 3.6 元,油 4.5 元……原来是记账本,上面都是父亲的笔迹。我又往下翻翻,忽见一页上面写着我的乳名,我瞪大眼睛仔细看:9 月 5 日带 120 元,12 月 25 日邮 40 元……

我心里很不是滋味,想起父亲经常说他一个人闯关东,不仅不要家里的钱,还要给家里寄钱。我已 19 岁,父亲记下的账不会是让我将来还吧?我不知道该不该问父亲,就一直闷在心里。

假期很快过去,我要回校了。临行,母亲煮鸡蛋、炸花生,又拿了些罐头,给我带到学校吃。父亲从抽屉里拿出工资袋,数出 12 张 10 元,然后,又从上衣口袋里掏出 3 张 10 元放在一起给我,说:"这是年底领的奖金,今年要增加一级工资,以后每月再多给你 10 元,学习累,多吃点好吃的,别心疼钱。"父亲又给哥哥 10 元钱买车票。我们走出家门,父亲追出来,对送我的哥哥说:"你买完车票,剩下的零钱,给妹妹路上用。"

到了车站,哥哥去买票。那时,到长春的学生票是 3.6 元,老实的哥哥把剩下的 6.4 元给了我。我说:"你拿着花吧。"他摇摇头:"不用。"

3 年前,哥哥没考上大学,当了兵。3 年里,父亲给他的钱总共加起来还没有给我一学期用的多,哥哥除了买点日用品,都攒着,后来买了一把吉他。

哥哥送我上火车,我说:"没事了,你早点回去吧。"哥哥想走又不走的样子,好像有什么事。我看看他,他脸红了,像下了很大决心似的说:"你能不能借我 10 元钱,我的吉他断了根弦,想买一包好弦换上。我下个月上班,发工资就还给你,你别跟爸爸说。"

我从大衣里边的口袋里拿出 10 元递给哥哥:"不用你还,这些钱够我花的。"

到学校后,我也开始记账,每花一笔钱就记下,记账帮我省下不少开销,我不仅没再向家里要钱,到期末,我还剩下 20 元,就给父亲、母亲、哥哥每人买了份小礼物。

暑假回家,我在床底下找凉鞋,床下空空的,原来床底下堆满的十多瓶酒都没有了,那是逢年过节别人送的。父亲不胜酒力,攒了几年的酒怎么都喝了?

我好奇地问母亲,母亲说:"他哪舍得喝,一直留着,本来他该增加一级工资的,可是名额不多,分给别人了,他答应每月多加的 10 元钱没着落,就把酒卖给拐弯那家小卖部了。

我心里很不是滋味,以后再也没去拐弯那家小卖部买东西。

毕业时,我被分配到一座海滨城市。回家住了半个月,我要去新单位报到。临别,父亲又拿出工资袋,先拿出 200 元,又从里面拿出个账本,把其中的几页撕下来,说:"这是你读大学 4 年的花销,我当初记下来是为了自己心中有个数,好早有个准备,提前把你用的钱准备好,别到时候抓瞎。女儿争气考上大学,我这个做父亲的不能拖后腿。现在,你总算毕了业,这些账我留着没用了,送给你吧,不是让你还,是让你记住培养一个大学生不容易。我这辈子没什么大能耐,也没攒下什么钱,我最大的财富就是培养了你这个大学生,以后的路,可就看你自己的了。"

我暗自惭愧,当年错想了父亲,幸亏父亲不知道。带着这沉甸甸的行囊走出家门,父亲一路送我。4 年前,我第一次离家也是他送的,以后才让哥哥送。

到了车站,父亲让我坐在候车室里等,他去买票。回来时,他手里拿着车票,还拿着一把零钱,一股脑儿都塞给我。

长这么大,我记不清自己多少次从父亲手里拿钱,只记得每次拿都理直气壮,好像父亲是银行。坐在"哐哐"作响的火车上,我把这些零零碎碎被父亲一双大手握得皱巴巴热乎乎的钞票摊开,一张张抹平,一共是 18 元。

我把这些零钞夹在父亲的账纸里,放进背包,然后把背包紧紧地抱在胸前,好像抱着一笔巨款。那一刻,我感觉自己像个富翁,自信而从容地奔向这旅程的终点……

第四辑　明天谁来埋单

另一扇门

这一天,49岁的伯尼·马库斯像往常一样,拎着心爱的公文包去公司上班。在二十多年的职业生涯中,他勤勤恳恳,兢兢业业,才坐到今天职业经理人的位置上,其中充满了艰辛困苦。他只要再这样工作11年,就可以安安稳稳地拿到退休金了。可是,他万万没有想到,这——将是他在公司工作的最后一天。

"你被解雇了。"

"为什么?我犯了什么错?"他惊讶、疑惑地问。

"不,你没有过错,公司发展不景气,董事会决定裁员,仅此而已。"

是的,仅此而已。他在一夜之间,从一名受人尊敬的公司经理成了一名在街头流浪的失业者。

和所有的失业者一样,繁重的家庭开支迫使伯尼·马库斯必须找到生活来源。那段日子,他常常去洛杉矶一家街头咖啡店,一坐就是几小时,化解内心的痛苦、迷茫和巨大的精神压力。

有一天,他遇到了自己的老朋友——和他一样、同是经理人现在也同样遭到解雇的亚瑟·布兰克。两个人互相安慰,一起寻求解决的办法。

"为什么我们不自己创办一家公司呢?"

这个念头像火苗一样,在伯尼·马库斯心中一闪,点燃了压抑在心中的激情和梦想。于是,两个人就在这间咖啡店里,策划建立新的家居仓储公司。两位失业的经理人为企业制定了一份发展规划和一个"拥有最低价格、最优选择、最好服务"的制胜理念,并制定出使这一优秀理念在企业发展中得以成功实践的一套管理制度,然后就开始着手创办企业。时值1978年春天。这——就是后来闻名全球的美国家居仓储公司。他们用了20年的时间,把一家名不见经传的小公司发展成为拥有775家店、15万名员工、年销售额300亿美元的世界500强企业。成为全球零售业发展史上的一个奇迹。

奇迹始于20年前的一句话:你被解雇了!

是的,"你被解雇了"——是我们每个人在人生旅途中最不愿听到的一句话,但正是这句话,改变了伯尼·马库斯和亚瑟·布兰克两个人一生的命运。如果不是被解雇,他们无论如何也不会想到要创办美国家居仓储公司;如果不是被解雇,他们无论如何也不会跻身世界500强;如果不是被解雇,他们两个现在只是靠每月领退休金度日的垂暮老人。

人生是一次长途旅行,它的美妙之处就是"未知",你不知道未来会发生什么。所以,当一扇门对你关上,你千万不要把自己也关在里面。因为世界上不止一扇门,一定还有另一扇门,你要做的就是去寻找并打开这扇门!

明天谁来埋单

詹姆士在总部设在纽约的一家跨国公司工作,35岁时被公司派到中国,已经在中国生活和工作了6年,职位也升为中国地区总裁。我们是在一次酒会上认识的,我希望采访他,他欣然接受,并预定了时间。那次采访很顺利,就在快结束的时候,我按惯例问他公司未来有什么规划?原想他会像以前采访的那些企业家说几句"展望宏图、实现目标"之类的话,没想到,他很认真地从文件柜里拿出一份公司未来15年发展规划书。

这份规划是3年前做的,里面分析预测从1995年到2010年全球市场环境及发展趋势,包括产业形势和竞争形势等,企业目前产品定位及现有业务在未来发展方向,拓展哪些新的增长点,如何为未来发展建立完善的组织机构、企业机制等,厚厚的像一本大学教材。我不禁想起以前采访过的本国企业家,他们也有规划,但太宏伟,太抽象,什么赶超一流、进入500强、跻身世界先进行列等。缺乏具体细致、切实可行的方法和分析数字。而且时间最长的也不过5年。像他们这样做到2010年,太遥远了,谁能想到那时会是什么样?

詹姆士大概看出了我眼中的疑虑,不无忧虑地说:"我在美国以及来中国这6年,陆续接触了一些中国内地的企业家,他们有一个共同特点,就是每考察一个项目,总要先问多长时间能收到回报。当然,注重回报是必需的,我们也要首先考虑。但不同的是,我们至少要做一个5年短期、10—15年中期、30年以上的长期计划,而你们中国企业家一般只做1年、3年,最长也不过5年的短期计划,我感到非常惊讶。这怎么可能呢?企业也像人一样,是一个鲜活的生命体,有一个积累发展的过程。一个人要学习积累二十几年,到30岁才能比较胜任一项工作,怎么可能要求企业一岁就辉煌呢?"

对詹姆士提出的质疑,我解释说:"因为国情不同,我们处在社会转型期,机遇比较多,速度也比较快。所以,涌现出一批一岁就辉煌的企业也不足为奇,有的甚至还不用一岁,半岁就辉煌呢。"

"是吗?不过我认为,成功的速度和灭亡的速度是一样的。"说着,詹姆士笑了笑,随手一指桌上的报纸,"不信我们打个赌,看这些被宣传报道的企业,10年后还能不能存在。"

我一伸舌头,连连摇头。这个赌我可不敢打。不要说10年,5年前我采访过的企业,现在大都名存实亡了。谁敢保证它们10年后还安然健在?

詹姆士宽厚地笑笑:"罗马不是一天建成的。不过责任也不全在他们,用你们自己的话说,是体制问题。好,不谈他们了,说说你自己吧,你的发展规划是什么?"

"我……"

我感觉自己的脸"腾"地一下红了。詹姆士似乎比我还吃惊。他打了个手势:"怎么,你竟然没有一个让自己10年后受益的人生规划?没有规划你怎么做事?"

我面带羞愧地说:"什么要紧就做什么。一天到晚也没闲着,忙忙碌碌,到了年底一盘点又好像没做什么。再寄希望于明年。"

詹姆士盯着我看了一会儿,神色严肃地说:"林,我把你当成朋友,所以要对你说一句朋友的话。记住,人生有很多要做的事,但归纳起来只有两类:一类是紧要的,一类是重要的。许多人不成功是因为他们把大部分时间和精力都花在眼前的紧要事情上,而无暇去做重要的事。我认为正确的做法是用20%的时间去处理眼前的紧要事情;而把80%的时间留给未来,去做那些暂时没有收益但以后会有的重要事情。我就是这样做的,希望你也这样。给自己订一个10年规划。否则,到时候你可能会付不起账单的。"

直到今天,我依然清晰记得5年前和詹姆士共同度过的那个美好下午,记的他说过的这番真知玉言。现在,我不仅自己付账单,银行里有存款,还可以每天去海边晒太阳。过着自己喜欢令周围人羡慕的悠闲、从容、恬静的生活。这都要感谢你,詹姆士,我亲爱的美国朋友,是你给了我一把开启人生的金钥匙。

你必有一样是出色的

合作先讲实惠

那天,我和一位商界朋友闲谈,谈到另一位朋友在和人打官司,我忍不住说:"在商业社会,人与人的关系,就是合作关系。现在,与人合作太难。刚开始挺好,大家是朋友,谈友谊,谈合作,结果呢,大都不欢而散,弄不好,还要闹到法庭上,从朋友变成敌人。"

朋友笑一笑,说:"我经商10年多,和许多人合作过,没有一个上法庭的,你知道这是为什么吗?"

我摇摇头。

"现在,大部分人做生意是这样,先认识,然后谈友谊,谈合作,然后是利益,然后就是不满,甚至像你的朋友那样,闹上法庭。"

"为什么会这样呢?"我问。

"很多人和别人谈判时,为了尽快谈成,就把自己的所有想法、方案和对未来美好的前景都说出来,而且人为地夸大,诱使对方做出决定。等到对方抱着不切实际的愿望,决定投入时,就会发现越来越多的问题,感到合作不像当初许诺的那么美好。矛盾、冲突越积越深,最后终于爆发,从朋友变成敌人。"

我点点头,有些不解:"你和别人合作、获利,再合作,再获利,次数多了,你们之间就没有矛盾、冲突吗?"

"凡是合作都会有矛盾和冲突,我会事先化解,而不是压制到最后。"

"你是怎么样化解的呢?"

"我和别人洽谈合作时,第一次见面,谈话内容只占整个方案的3%,其他都是闲谈,与主题无关。下一次谈话,一定选在3天之后,给对方一定的消化时间。第二次再谈,交谈的内容增加一倍,是6%。下次再谈,再增加一倍,12%。三次之后,一般人就会动心,就会用心思考,反复推敲,这时候,还不能做决定。紧接着是第四次交谈,这一次是24%,很多人已经决定了,对于做还是不做,他心里非常清楚。如果还不能做决定,再谈一次,内容是48%。这时候,他一定会做出决定。很多人这个时候,就急着签字,但是,我还要再谈,不是往上增,而是往下减。我会提出一些负面问题,不会影响他做决定,他在兴奋点上,会按惯性往前走。但是,我说和不说,对我不一样。等到他做出决定,开始和我合作时,就会发现问题,而我事先都讲过。他有准备,而不会怨我,即使合作最后没有赚到钱,他也不会怨我。因为我所有的想法,不是一次性强加给他,而是慢慢渗透的,是他接受了才做决定的。所以,他还要感谢我。下一次有机会,他还会和我合作。"

每次合作,不仅有积极的一面,也有消极的一面。有些人只说正面的东西,等到出现问题,又互相埋怨,结果可想而知。每次合作之前,你把负面的东西告诉对方,记住:别把时间顺序搞错。否则,没有人愿意与你合作。

你必有一样是出色的

迟到的公正

完成了一天的工作,已是深夜,他拖着疲惫的身子回家。妻子和3个孩子还没睡,守在灯下等他归来。他把车停好,回身拿起放在车座上的T恤衫,抬头朝亮着灯光的窗子看了一眼,快步向家中走去。突然,一声枪响划破寂静的夜空,他的身体剧烈地震动了一下,重重摔倒在地,搭在手臂上的T恤衫掉到地上。他挣扎着向家门口爬去,手中捏着家门的钥匙,身后留下一道血泊之路。听到枪声的妻子和孩子跑出来,被眼前的情景惊呆了!3个孩子围在父亲身旁,连声呼唤:"爸爸,爸爸,起来呀!"可是他们的爸爸再也不能起来了,那颗罪恶的子弹夺去了他年仅37岁的生命……

这不是小说或电影里的情节,这是1963年6月12日发生在美国密西西比州的一起谋杀。被害人梅迪加·埃维斯是美国民权运动的重要领导人,他和黑人领袖马丁·路德·金一样,致力于消除种族隔离,建立一个黑人与白人平等相处,没有偏见的和谐社会。杀害他的凶手是一个名叫拜伦·迪·拉·贝克维热的男性白人,一个狂热的种族隔离分子。有多名证人看见他的车停在埃维斯家附近,警察在附近树丛中找到了那支来复枪,上面有他的指纹。罪证确凿,这是一个没什么悬念的案件,审判结果应该不言而明。但事实并非如此。

60年代的美国南方,种族歧视相当严重,从来没有一个白人因为枪杀黑人而被送上绞刑架。因此,这一案件的关键不是谋杀罪名成不成立的问题,而是一个白人杀了一个"黑鬼",究竟算不算犯罪。

谋杀后第8个月——1964年2月6日,对贝克维热的审判正式开始,由12名男性白人组成的陪审团,经过11天的审判,12名陪审员一半认为谋杀罪名不成立,一半认为被告有罪。由于陪审团的裁决不能达成一致,无法对贝克维热定罪,审判一结束,他就回到了格林伍德的家。

第二次审判始于1964年4月7日,与第一次审判相同,依然是12名男性白人被选做陪审员。尽管检控方做了最大努力,尽管有大量充分的证据,证明被告杀害了埃维斯,但结果依然与第一次审判相同——陪审员意见不一无法做出一致裁决。贝克维热又一次回到家中。

虽然还可以再次起诉,再次审判,但在地方检察官看来,找不到什么办法比现在做得更好。再次审判,也不会得到不同的结果,还要花费大量的人力物力。于是,这个案件被搁置起来。

随着时间的流逝,贝克维热暗杀埃维斯一案引起的震惊渐渐平息,公众不再关注,媒体也不再报道,它所造成的创伤和愤怒已经成为过去——但埃维斯的家人除外。对埃维斯的妻子梅尔莉·埃维斯来说,暗杀就好像发生在昨天,只要一闭上眼睛,就会看见丈夫倒在地上,鲜血如注,呼吸微弱,眼睁睁看着死神把他夺走。这惨痛的一幕已经定格在她的记忆中。只要凶手还没有绳之以法,只要正义还没有得到伸张,她就永远不会——也不敢忘记!她一次次奔走,无数次敲开地方检察官办公室的门,但都因为没有新的证据,搁置时间太久,而无法重新审判。

时间进入20世纪90年代,距暗杀发生已经相隔整整四分之一世纪。梅尔莉一如既往,四处奔走,为丈夫寻求公正审判的机会。朋友、邻居都劝她放弃:已经过了这么久,当年的刺客现在已是70岁的老人,就算把他送上审判席,又有多少希望获胜?梅尔莉不客气地反问道:如果被害的是你的家人,你还会这么说吗?

　　梅尔莉多年的坚持和不懈努力没有付之东流,1994年1月25日——距谋杀发生已经相隔31年,迪·拉·贝克维热第三次被送上审判席。经过10天的审判和5个小时的商议,陪审团做出一致裁决——被告拜伦·迪·拉·贝克维热谋杀罪名成立。这一次,他再也不能回家了。这是他为自己31年前犯下的罪行付出的代价。

一封信改变的命运

他随母亲和哥哥到日本那年,已经11岁了,一句日语也不会说。先上了一年日语补习学校,然后又重新上学。12岁读一年级,个头比同班同学高出一头,日语说得结结巴巴,同学们都看不起他,欺负他,不和他玩。他很孤独,也很倔强,把所有的时间都用在学习上。他没有父亲,没有钱,也没有有钱的亲戚,他什么都没有,没有什么可以依靠,他只有依靠学习好,让他有一点可以骄傲和自豪的资本。他做到了,他一直是班上学习成绩最好的,从小学到中学,高中毕业时,他因为成绩优异,日本最著名的三所大学同时录取了他。

但是他去不了,入学要交一百多万日元学费,他没有,年过半百的母亲每天在工厂压700条裤线,勉强维持他们的衣食住,哪有多余的钱供他上大学?哥哥已经结婚了,在一家生产椅子的木工厂做椅背,勉强维持他自己的生活。没有钱,交不起学费,就意味着他要告别校园,和母亲、哥哥一样,进工厂做工,压一辈子裤线,做一辈子椅背。

他把自己关在屋里三天,想了三天,最后,他鼓起勇气,拿出笔和纸,把自己的身世、现在的困境如实地写下来,寄给日本很有名的报纸《朝日新闻》。然后就到哥哥工作的那家木工厂打工。他的工作是最后一道程序,就是把做好的椅背、椅座、扶手、椅腿这些配件组装在一起,看起来很简单,但是,因为流水作业,所有这些程序需要在一分钟内完成,否则他身边的椅背椅座等就会堆成一堆。每天,他像魔术表演似的,安上椅背,挥起椅腿,瞬间就把一堆零件装成一把椅子,铲车把组装好的椅子拉走。一天下来,胳膊酸痛得抬不起来。而他一天的薪水是两千多日元,一个月不到十万日元。

但是一个月后,他收到了500多万日元。他的信邮出去后,一位好心的编辑看了,非常感动,也很同情他,把他的信全文在报上发了。电话、信件和汇款像雪片似的邮来,一个月内,就邮来500多万日元,交学费已富富有余。这意外的惊喜,让他说不出的感动。他选取了日本东京大学,交了学费,剩下的钱他捐给了和他一样面临困境的学生。

他从东京大学毕业后不久,就被派到日本驻沈阳领事馆,负责处理日中文化经济合作等事务。后来他又回到日本,现在是日本著名的伊藤株式会社高级负责人。而当年和他一起在那家木工厂做工的哥哥,现在依然还坐在那里,做椅背。做了半辈子椅背的哥哥自己从来没在那椅背上靠一靠,他自己的背已像他做的椅背一样弯了。

一想到此,他就忍不住为自己当年的举动感慨:有时候,当你自己也不知道自己能否成功时,勇气往往会帮助你成就许多事情。

第四辑　明天谁来埋单

不要等到把坑填平

　　同窗好友江弘在大学时就显示出其才华，是社交场合的活跃分子，毕业时本可以留校，但他更想去社会这个大舞台上闯荡一番，于是去了滨城，被一家水产公司录用。凭着其出众的才华和干起工作不要命的劲头，很快被公司重用，先是被提拔任部门经理，几年后终于坐到公司副总经理的宝座。他们公司也成为本市经营水产品的龙头老大，年营业额上亿元。

　　有了钱，就想扩大经营，当时房地产很热，利润也非常可观。于是，公司老总拍板，成立房地产公司，江弘被抽调出来，出任经理。正值人生壮年的江弘野心勃勃，想大干一场。于是，买地，贷款，盖楼。有一次偶然见面，问起他的情况，他说正投资建一个大酒店，同时和美国一家公司谈判，把生意做到国外。随着他摊子越铺越大，我们之间的联系也越来越少，只是偶尔打个电话，倒是在电视上看到他西装革履地在开工仪式上剪彩、奠基、讲话，好不风光。再后来，就慢慢失去了联系。

　　再次见面，是几年之后了。那时江弘所在的公司已经宣布破产，他正赋闲在家，有同学从日本回来，我们便约了他，在国际酒店喝茶。

窗外是繁华的人民路，这里寸土寸金、高楼林立，但是酒店正对面却是一大片绿地、花池。我有些不解地问："这里怎么变成绿地了？报上不是报过，这片地被香港一家集团买去了，据说它们很有实力，怎么不挖坑盖楼呢？"

江弘看了我一眼，说："没错，是被他们买去了，他们前期已投了一部分钱开发，但现在已经放弃了！"

"放弃了？"我忍不住惊叫起来，"那他们投的钱呢？肯定不是一个小数目，放弃多可惜呀！"

"放弃是很可惜，但如果不放弃再接着做，那就不是可惜，而是可怕了！我认为他们这么做很明智，我非常敬佩他们！"

"为什么？"我有些不解。

江弘没有回答，却反问我："你知道，我们公司为什么破产吗？"

我摇摇头。

"就是因为我们没有选择放弃。"见我一脸疑惑，他又解释道，"我们公司进入房地产时，正值房地产最高峰，我们的预算是按照当时的市场价格做的，等到动迁完挖好地基，房地产市场开始急剧下滑，我们也知道再做下去一定会亏损。但是前期已经投入3千多万元，3千万元买这么一个大坑，太亏了！所以想来想去，还是不忍放手，决定继续做下去，哪怕不赚钱弄个持平或少赔点也行。结果楼盖到一半，公司已负债一个多亿，坑越来越大。为了尽快填上这个大坑，只好到别处取土，又做汽车、酒店、娱乐业，都是我们不熟悉的行业。因为想快点赚钱，也顾不了那么多了。结果又多挖了几个大坑，最后把自己给埋葬了！"

原来如此。

我望望窗外那大片绿地，又回过头来看着江弘，不禁想：其实也不能怪他,很多人包括我,可能都会像他一样,发现自己投资失误而造成亏损时,第一个想法就是如何把坑填平。结果,最终填进去的却是自己。

你必有一样是出色的

给自己一个出口

肖忻是一家外资银行的部门经理,时下最走俏的"白骨精"——白领、骨干、精英,还在大学期间,就野心勃勃地想有朝一日杀进华尔街,在这个统领世界经济的金融帝国占有一席之地。现在目标已近在咫尺,可以说触手可及,谁也没想到,一次休假她去云南丽江游玩,也不知哪根神经做怪,毅然决定留下不走了,一时间哗然,在圈内引起不小的震动。

起初,大家都以为她是周期性疲劳,加上小女人感情用事,用不了多久就会重返职场。到现在一年时间过去了,居然看不到半点回返的迹象。前不久我去昆明,特意去丽江看她,我问她在做什么?她说在画画,还把作品给我看。我不懂绘画,但我知道,梵高37岁已经完成他所有的作品然后开枪自杀,没有一个画家在这个年龄开始学画还能成功的。我把自己的想法说了,不料她却说,我只是想画画而已,这是我的一个梦,能不能成功我不知道。但我知道,如果再让我像从前那样,每天盯着人民币兑美元汇率,那我肯定会像梵高一样开枪自杀的。

我愕然。

我知道正如婚姻的七年之痒,职场亦会因工作内容的高度重复和环境的单调乏味，加上长期置身于紧张激烈的竞争状态，身体和精神超负荷运转，而导致对工作失去最初的热情和成就感，代之而来的是日复一日不堪忍受的疲倦与压力，这在心理学上称为"职业枯竭"。但我怎么也没想到，这种症状会发生在肖忻身上。要知道，仅仅是几年前，我和她结伴旅游，她总是随身带着商务通和笔记本电脑，每隔一小时就要看一次汇率，一顿饭要打五六个电话，吓得我再也不敢和她一起外出了。

也许是物极必反吧，肖忻把自己用得太狠了，职业枯竭的一个主要原因就是超负荷工作，致使自己的才华、能力、知识储备以及身体健康等诸方面，消耗大于补充，最终导致"休克"。

从丽江返回昆明途中，我从通讯录中选出10位商界朋友，他们都像肖忻一样，在各自行业担任要职，我给每人发去短信，简单讲了一下肖忻的事，问他们对此事有何感想？是否曾经历或正在经历"职业枯竭"？如果是，采用什么办法解决？很快，他们都回信了。让我意料不到的是，10人中除一人表示不赞同外，其余9人都说非常羡慕肖忻，可惜自己没有勇气（6人），或条件不允许（3人），所以只能把这一梦想留待退休以后。对于是否经历"职业枯竭"，有8人回答是，解决办法是外出度假（4人），去学校进修（2人），试图换一种职业（2人）。

五六年前，在报上看到一则消息，美国雀巢咖啡一位高级女经理人去南非度假，爱上一位当地土著，忽然间对自己的职场生涯产生厌倦，她决定嫁给这位充满个性魅力的男子汉，并且留在当地，与土著人一起，过着远离都市文明的原始生活。当时看了觉的像天方夜谭，没想到时隔几年，同样的事情竟也发生在中国，发生在自己身边。也许用不了多久，肖忻就会带回一位有着百灵鸟一样歌喉的纳西族青年。

你必有一样是出色的

盲人的股票

报社新开了一个金融证券版,我的朋友调去做编辑。在近 5 年的工作中,她接触过很多股民,给她印象最深的,是一位盲人。

这位盲人和许多股民不同,他不听讲座,不看股评,也从不探听所谓的内幕消息。他唯一看的就是每天的开盘和落盘。他买卖股票的方法也很简单:跌时买进、涨时卖出。具体操作方法是:去其两端取其中庸,把大盘上走势强劲的龙头股和落势凶猛的垃圾股去掉,在走势稍缓平稳的中间股中,选一只正在下跌的股票,根据自己的了解、分析和判断,在心里给它定一个底线,等到它跌到这个线时就买进,等它涨到原来的水平时再卖出。这样做的结果,他总是利多损少。几年的时间,投进股市的钱,已经翻了好几番。

"为什么选定以原来的水平为卖点呢?"朋友不解地问。

"因为,假设原来的水平是常态,那么跌和涨都是非常态,非常态肯定要会回到常态的,跌过之后肯定会回到原来的水平。这样,我买进的时候,就已经赚了。"

"那么,你可以等等再卖,通常情况下,当它回到常态时,还会顺着惯性往上冲一下的,那时候再卖,不是会赚得多一点吗?"

"你说得没错,那样是会赚得多一点。可是,人在利益面前是没有节制的,很多人就是贪求这'多一点',结果把原来赚的那一点也丢失了。所以我才给自己限定:只要这一点,那'多一点'还是留给别人吧!"这位盲人笑着回答说。

我以前很少接触股票,总觉得股票这东西,太复杂,太高深,变幻莫测,难以捉摸。听了朋友讲了这位盲人和他的股票的故事,才对股票有了一些了解。原来不过如此:跌时买进,涨时卖出。事先给自己定一个底数:只要这一点,不要多一点。就可以保你利多损少。理论并不难,操作起来也应该很简单。

"可是为什么——"我不仅有些疑惑,问朋友:"依然有那么多的股民,前赴后继、一往无前的向前,要那'多一点',以至于损多利少,最后弄的血本无归呢?"

朋友听了,笑笑说:"可能这就是人的本性吧。人在利益面前,是不讲道理的。"

你必有一样是出色的

感谢折磨你的人

春天里,我回到阔别十年的故乡,好友纹来接我,他开车带我在市内兜了一圈,指着一栋栋高楼向我介绍。看着这些陌生的建筑,有一种身在故乡是异客的感觉。

"晚上给你接风,说吧,你都想见谁?"

"我,其实最想见咱们班主任陈老师,毕业以后就没见过她,都快20年了!"我感叹地说。

"陈老师?怎么,你还不知道,她已经不在了。"

"啊!"我失声叫道。

"食道癌,去年九月走的。"

我惊得说不出话来,思绪凌乱起来,一瞬间又回到20年前,那遥远的学生时代。陈老师从高一就担任我们班主任,我学习成绩好,她很偏爱我,让我做团支书。她教我们化学,课讲得很出色,有一次实验课,她绘声绘色地讲起居里夫人发现镭的故事。我被深深地打动了,疯狂地爱上了化学。我立志报考北京一所重点大学化学系,梦想将来成为居里夫人。

高三那年,我以全校第一名的成绩,被评为市级三好学生,享受高考加10分的待遇。我的成绩一直很稳定,但高考前最后一次模拟,成绩突然下滑,排到第 5 名。陈老师很担心,找我谈话,让我高考时别紧张,以免影响成绩。

高考时我发挥正常,总分名列全校第一,加上三好学生奖励的 10 分,去我报考的那所北京重点大学没问题。但出乎意料,我没被录取。我这才知道,因为最后一次模拟没考好,学校领导找到陈老师,把原本给我的市三好学生名额给了另一名同学。

我就这样与自己朝思暮想的大学失之交臂!我的心情可想而知。但最让我难过的不是这个,而是被自己所信任和尊敬的人出卖!那种心痛的感觉无法用语言形容。多少次午夜梦醒,泪湿枕巾。

我最终去了省城师范学院,走时没去和陈老师告别,连电话都没打。我恨她,她颠覆了人民教师在我心中的美好形象。当火车载着我驶离故乡,望着窗外熟悉的风景,我暗暗发誓:我要走得远远的,再也不回这个伤心之地!

大学毕业后,我去了大连。其间几次回故乡,但一次也没去看陈老师,没给她写过一封信,打过一个电话。我们就这样彻底中断了联系。

一晃,20 年过去了。现在回过头来想想,也不是什么大不了的事,也许当初去了北京,不一定就比现在好。真不明白,我为什么那么耿耿于怀,嫉恨如仇,以至于 20 年的岁月,成为空白!

我想,这是都因为年轻,和许多年轻人一样,我也有着年轻人特有的弱点:不厚道,不宽容。对人对己,过于苛刻。想想也是,一个人不经过岁月的磨砺,不经过世事的锤炼,怎么可能厚而得道、宽而容人呢!或许只有等到年纪一大把,历尽人间沧桑,体验山河破碎、亲人离散那种痛不欲生的滋味,对这些才不会计较吧。因为与那些丢失相比,这是多么微不足道啊!

其实,我应该感谢她。虽然居里夫人的梦破碎了,但我却实现了作家梦。写作,给了我一种全新的生活方式,自由自在,任思绪飞扬。身居陋室,却纵横天下。写作,让我每天成长,日益成熟,我不再是那个不谙世事、愤世嫉俗的青春少女,不知不觉,我也到了陈老师当年教我时的年龄,也理解并原谅她的所为。毕竟,成年人的世界,不像孩子那么单纯。我早就不恨她了,早就想对她说声对不起,早就想找时间去拜访她,请她原谅我当年的鲁莽!

可是,我也不知为什么,一直拖到现在。我总以为还有时间,有机会……

"对了,张仪也回来了,你要不要见他?"纹突然问。

"张仪?"我沉浸在往事的回忆中,一时没反应过来。

"你怎么忘了,当年就是他抢了你的三好学生名额,去北京读大学,毕业后留校当老师了,现在已经是教授了。"

我的思绪一下回到现实世界,下意识地点点头:"见,我想见见他。"

当天晚上,我就见到了张仪。与我想象的不同,我们的见面很平静,彼此诉说这些年的经历,交流对时下金融危机的看法,过去的那些不快、怨恨仿佛都随着岁月,消失远去了,就好像它们从来没发生过。

聚会快要结束时,张仪突然话题一转,问:"你现在还恨不恨我了?当年要不是我抢了你的三好学生名额,你就去北京读大学了。"

我怔了一下,半是玩笑半是认真地道:"不,我应该感谢你,要不是你,我还当不成作家呢。"

他认真地看看我,说:"要说感谢,你应该感谢陈老师。你知道吗,当年那个三好学生名额,是校长和教导处开会决定的,和陈老师没关系,她还为你据理力争。"

"啊!"我怔在那里,不知说什么好。

张仪意味深长地看着我:"你错怪她了!好几次,我想向你解释,但她不让说。她说一个人年轻时经历点磨难,不是什么坏事。磨难能让人发奋努力,成就一番事业,到那时,你会感谢她这个'折磨'你的人。"

我僵在那,眼前浮出陈老师熟悉的面容,我好想对她说一句:对不起!可惜,她已经听不到了……

你必有一样是出色的

我喜欢你的选择

《卡萨布兰卡》被评为 20 世纪最经典的百部影片之一,相信每位看过这部影片的观众,都会为英格丽·鲍曼在片中的精湛表演而赞叹,特别是最后一个镜头:迷雾笼罩下的机场,鲍曼向里克(汉弗莱·鲍伯饰)投去最后一瞥,那飘忽、迷离的眼神,将这一幕离别的场景定格为永恒⋯⋯当时拍完这组镜头,与她演对手戏的鲍伯就意识到,这将是电影史最为著名的镜头之一。他激动地走上前,由衷地对鲍曼道:"我喜欢你的选择。"

这是一句好莱坞行话,当演员们相互祝贺时常常这样说。他们知道,如果一个同事成功地表现出一个完美的瞬间,这是因为他(或她)已经在排练厅尝试过几十种不同的方式,然后选择了这一个完美的瞬间。所以鲍伯不会像观众或记者那样,赞美鲍曼"嘿,你演得太好了!"或是"你演得真棒!"而是说"我喜欢你的选择!"

不仅演员如此,编剧亦如此。创作一部片长两小时的电影,通常要用 6 个月甚至更久,投入的时间和精力不亚于一部 30 万字的长篇小说,虽然最后落实在稿纸上只有 5 万字。编剧们都知道,创作一部剧本付出的工作量与最后成稿不是 1 比 1,而是 10 比 1,甚至 20 比 1。为了写出男女主人公相遇的场面,他们通常要在卡片上列出从机场到酒吧 20 个不同场景,反复比较、选择,以便确定一个最符合剧情,并且以前没被拍过的独特场景。场景确定后,接下来是主人公对话,他第一句话说什么?绝不可能是"今天天气不错","你最近在读什么书"这些陈词滥调,这样的剧本永远也别想搬上银幕。

不过,与导演工作相比,演员和编剧还算幸运的,毕竟是在自己的地盘上耕作,不用花费胶片。而导演就不行了。拍电影就像建网站,是一个烧钱的过程。当导演喊出"开机"两个字,钱就像沙漏里的沙子一样,一刻不停地往外流。为了拍出一个完美的瞬间,导演总想花更多的钱搭更好的布景,或者乘飞机去实地拍摄。一部两小时片长的电影,至少要拍 3 倍以上的胶片,还不包括因为重拍而被费掉的。看着成卷的胶片被扔进垃圾堆,制片人常常心痛得要跳楼。在好莱坞,导演和制片就像一对欢喜冤家,有时亲如兄弟,有时又大打出手。也难怪,制片是商人,总希望花最少的钱、拍最卖座的电影;而导演是艺术家,总想拍出一个又一个完美的瞬间,为此不知要"浪费"多少胶片和布景。

现在你知道了吧,那些在银幕上看起来轻松、欢快的镜头,其创作过程一点也不轻松、欢快,充满艰辛,枯燥。那些看似一蹴而就、信手拈来的传神之笔,事实并非如此,而是经过无数次比较、选择的结果。正是由于这一次次严格、挑剔的比较、删选,才产生一部部让观众叹为观止的电影精品,好莱坞也因此成为世界电影霸林之主。它汇集了全世界最优秀的演员、编剧、导演,以每年 400 多部电影的产量,源源不断地向世界各国输送着一个又一个"梦"。

好莱坞是电影的天堂,在好莱坞成功了,就意味着在全世界成功。

好莱坞是电影的地狱,能在好莱坞活下来的人,也就能在世界上任何一个角落里生存。

你必有一样是出色的

林尚沃借钱

林尚沃是19世纪朝鲜国富商,他出身贫寒,靠做人参生意起家,成为富甲一方的新贵,有朝鲜国参王之称。他的成功,得益于其独特的商业哲学,他有一句名言:商道即人道。意思是经商就是投资于人,只要人选对了,就一定可以赚到钱。

像当今许多富豪一样,林尚沃也经常遇到找他借钱的人。有一天,他外出回来,发现家里有三位陌生人,想找他借钱做生意。林尚沃打量着他们,点点头道:好吧,我给你们每人一两银子,你们拿去做生意,5天之后再来,我会根据你们赚钱的情况决定是否借给你们钱。

5天后,三个人如约来见林尚沃,汇报自己的"战果"。

第一个人说,他用一两银子买了些草绳,做成5双草鞋去卖,一双赚一分,一共赚了5分银子。第二个人说,他用一两银子买了竹子和窗纸,做了5个风筝,正好赶上春节,很快就卖光了。一共赚了一两银子。

轮到第三个人了,他用十分不屑的语气道:一两银子能做什么呢?所以我就拿去喝酒了。喝了一天,花了9分银子,还剩一分,我用这一分银子买了一张白纸,又借来笔墨,写了封所志(指旧时呈给官府的诉状),从官府那儿得了十两银子。

三个人说完,林尚沃心中有数了,他决定:借给第一个人100两银子,第二个人200两银子,第三个人1000两银子。他让管家把银子取来分给他们,让他们写下借据,并约定一年后再来见他。

林尚沃这么做,让跟随他多年的管家颇为不解。前两人老实本分,兢兢业业,做事可靠,而第三人游手好闲,整天喝酒,不务正业,为什么给前两人的少、反而给他的多呢?

林尚沃向他解释说,这三人中,编草鞋的最勤劳,他就像农民,一分播种,一分收获,这种人好是好,但不是做商人的料。商人应该投入一分,收获十倍、百倍。所以给他100两就可以了。做风筝的人比他聪明、灵巧,懂得利用春节放风筝这一商机,但是做生意不能光看到眼前的机会,那样只能取得一时的成功,难以成大业。所以给他200两就行了。第三个人虽然看上去游手好闲,不务正业,但恰恰是他,最有可能成大业。因为他能不为钱所累,能跳出常规,以小博大,创新求异,这正是成就大业所必备的。所以给他的银子最多。

一年以后,三人如约来到林府,汇报情况。第一个人开了个铁匠铺,第二个人做贸易,两人都赚了钱,连本带息还清林尚沃的借款。只有第三个人,空手而归。他带着1000两银子去平壤做生意,结果血本无归。现在身无分文,无法偿还借款,他想留在林府打工抵债。

林尚沃没有责备他,也没让他留下来打工,而是又借给他2000两银子,让他去做生意,一年后回来见他。

此举一出,众人哗然,大家都说林尚沃聪明一世,糊涂一时,料定这个人不会赚钱,赚了钱也不会回来。果然,一年的时间过去了,这个人没有回来。又是一年,依然不见踪影,林尚沃借给他钱一事,一时成为众人的笑柄。

一晃8年过去了,大家早已忘了这件事,就在这时,那位从林尚沃手中借走3000两银子的人忽然回来了。见了林尚沃也不解释,只说要他备好十头牛,十辆牛车。林尚沃也不问,叫管家备好给他。

十天后,十辆牛车载着满满十车人参回到林府。林尚沃一眼就看出,这些都是上好的人参,一车参至少值一万两银子,十车就是十万两。

原来,这位老兄拿了两千两银子去平壤,两年的时间赔掉大半,他想这样下去可不行,就用剩下的银子买了人参种子,去人迹罕至的长白山森林选了一片山坡,种了下去。从药用的价值,6年参质量最好,他就整整守了6年。

"大人,我用这些参来偿还八年前欠你的债。"

林尚沃一听就笑了:"这怎么行?这些参是你的财产,我只收回本息就行。"

两人争执不下,最后在管家的说和下达成协议,林尚沃出5万两银子买下这批价值10万两银子的人参,等于两人对半分,各取所需,皆大欢喜。

林尚沃八年之内用3000两银子赚回五万两,在于他独具慧眼,选人、识人、用人,也是他一生奉行的"商道即人道""经商就是投资于人"这一商业哲学的最好佐证。

一步到位的开店方式

朋友从日本回来,想投资开一个日式料理店,我帮他选择地点,我们跑遍了整个城市,看了无数的房子,最后他从中挑选出10个,列为准店,把它们在位置、环境、布局等方面的优劣一一列成清单,反复比较,从中优选出3个,然后把这3个店在位置、环境、布局及服务内容等方面列成一个更为详细的调查表,委托一家信息咨询公司做市场调查。根据调查回馈,最后确定下其中的一个,接下来开始装修,朋友请来装修公司,详细地讲述他的意图,对方耐心地听着,我也在一旁听着,开始还为他的认真感动,到后来就有些不耐烦了,他也真是太详细了,不仅店内所有的空间包括门厅、厨房、卫生间里的每一个角落都不放过,而且,店外远至百米的路段也做了精心布置,简直精细到极点。我看着他,突然感觉有些陌生,原来挺豪爽大气的一个人,几年不见,怎么竟变得婆婆妈妈,心细如针?

店终于按照朋友的要求装修好了,进到里边,给人的第一感觉是舒服,第二感觉还是舒服。你能想到的他全想到了,你没想到的他也想到了。可他还不放心,让我们帮他挑毛病,看看还有什么没想到的地方。我看着他,越发觉得他陌生了,从选店到装修,不仅多跑了许多路,多花了许多钱,更重要的是,多花了许多时间,如果换成我,现在早营业赚钱了,可他还在这儿挑毛病。我说:"挺好的,赶快开业吧,早开一天早进钱。"

朋友看着我,说:"正式开业还要等一个星期,从明天开始,我请你带朋友来吃饭,全部免费,但有一条,每吃一次,至少要提一条意见。"

"为什么?"

"因为在日本,不能让客人等超过5分钟,不能让他有任何不满意的地方。现在开业,我没有把握,所以我付费请咨询公司替我找最挑剔的顾客来,如果你方便也请你来,多挑毛病,拜托了!"

"你也太认真了,这是在中国,不用这样,要我说,先开业,发现问题再说,现改也来得及。"

"不,我不能拿顾客做试验。在日本,我做过调查,开业最初10天进店的顾客,基本上就是你店里长期的顾客,如果你在这10天留不住顾客,你就得关门。"

"为什么?"我有些不解,"一个新开的店,有点不足是难免的,客人也会谅解的,下次改正就行了。"

"不,在日本,没有下次,只给你一次机会。我刚到日本和日本人初交往时,觉得他们很傻,你说什么他都信,你如果想骗他其实很容易,但是他只给你骗一次,以后他永远不会和你来往。在日本,只要是你本人的原因犯了错,你就得走,你不能说:对不起,这次我错了,给我机会,我保证下次改。没有下次,只给你一次机会。"

我看着朋友,突然明白了为什么这些天来,他如此认真,如此精细。这个在我看来没什么了不起的料理店,在他看来,仅次于他的生命,因为他深深知道,这既是他的第一个店,也是他最后一个店,成败只此一次,没有再一,更无再二。

租赁人生

他是我的堂弟,年纪小我一轮半。

七年前,他考入北京一所重点大学,专业是当时很热门的计算机。

学校和专业都是父母为他选的,主要是为了将来好就业。这不足为奇,年龄越大经历越多,人就越现实,我只是隐隐为堂弟担心,二八年华,正是做梦的时节,可别像大人一样,一脚踏入生活,连个梦都不做,把人生编入程序。

"你喜欢计算机专业吗?"我试探着问。

他笑了笑,不以为然地道:"无所谓喜欢不喜欢,对我来说,不过是一种谋生工具。"

我心一沉,小小年纪,就这样现实,将来……我不敢往下想。

但是,他接下来说的话,却让我眼睛一亮。

"世界很大,我喜欢去看看。现在是电脑时代,计算机就是世界语,我想只要掌握它,一技在身,就可以走遍世界。"他满面春风地道,两眼闪烁着光芒,像一对亮晶晶的星星。

我被他的情绪感染了,兴奋地道:"世界很大,你要去哪儿啊?"

"我要去埃及看金字塔,去撒哈拉看大沙漠,去雅典看帕提侬神庙……"

听着一连串名字从他那稚嫩的嗓音蹦出,我心底涌起一股淡淡的苦涩。走遍世界各地,探索生命和宇宙的奥秘,也是我年轻时的梦想。可是大学毕业就忙于工作,不久又结婚生子,为家庭所累,到现在连中国还没有走遍。

"年轻真好,抓住梦想的翅膀,让脚步像风一样自由!可惜我已经回不去了。"我不由得感叹道,同时也为堂弟祝福,希望他一路走好,好让我亲眼目睹一个梦想成真的过程。

四年后,堂弟大学毕业进入外企,他领到第一个月薪水时请我吃饭。

席间,他开口闭口谈的都是工作和正在交往的女孩。他说现在是试用期,月薪五千,三个月后就可以升到八千。他在中关村与人合租房,除去租金和日常开销,还有结余,可以请女友吃饭,听音乐会,假期一起去远足。我问他何时去看金字塔,他犹疑了一下,说,现在没条件,以后找机会去。

以后,他工作越来越忙,我们见面的机会越来越少,开始每个月聚一次,到后来就变成几个月才聚一次。

一晃,三年过去了。上周末,他打电话说要来看我,我才想起,我们已经半年多没见面了。

他是谈完客户直接来的,一身藏青色西装,背着笔记本电脑,标准的IT人士。一见面,他就告诉我,他要结婚了,声音透着无限疲惫,脸上早已没有了青春的朝气,眼里再也看不到当年的光芒。

我怔怔地看着他,这哪像是要结婚的人,不知道的人,还以为是七年之痒呢。

"怎么没和女友一起来,不会是吵架了吧?"我开玩笑道。

"吵架?"他苦笑着摇摇头,"我现在哪有时间吵架,我得把精力都用来赚钱。"

"瞧你说的,好像欠了一百万债似的。"

"没错,我是欠了一百万债——房贷。"

我惊诧地看着他,"你没发烧吧,这个时候买房!现在房价这么高,你又没多少闲钱,急什么呀,你这么年轻,就把自己的未来锁定了!"

"我也不想这样,没办法,父母催我们结婚,结婚就得买房,租房她父母不同意,说必须有一套永远属于自己的房子。这段时间净看房了,看得我心灰意懒,原来自我感觉还挺好,看完房才知道自己是穷人。辛辛苦苦一个月,只够买半平方。首付拿不出,只能啃父母,但月供得靠自己了。唉,我现在什么想法都没有了,就一个念头——赚钱还贷。"他愁眉苦脸地说,样子活像是上有老、下有小、已经活了半辈子的居家男人。

我呆呆地看着他,仿佛已经看到了他的未来——薪水一半拿去月供,每天精打细算过日子,哪儿还有什么金字塔,能看场音乐会都是奢侈!

唉,他才25岁,青春就这么结束了,一双翅膀还没体验过飞翔的乐趣,就被自己的房子套牢了。房子成了埋葬青春的坟墓。

一种无法遏制的伤感攫住了我,在人生旅途中,我们总是提防那些可能伤害我们的坏人,对不相识的陌生人心怀戒备,我们把爱和信任给了最亲的人,却从未想过,有时候,恰恰是亲人的爱束缚了我们,他们以爱的名义,斩断了我们梦想的翅膀,把我们打落回地面,生儿育女,操持家业,经年累月,一代又一代,重复着同样的生活,却很少思考生命的意义。要经过多少轮回才能领悟,生活中除了衣食住房,还有诗和远方?

其实仔细想想,谁能拥有一套永远属于自己的房子?这不过是地产商为了赚取利润编造的一个美丽谎言。商人逐利,这不足为奇,奇怪的是为什么那么多父母前赴后继、飞蛾扑火地掏空自己一生的积蓄,再抵押上儿女的未来呢?

　　这样做值得吗?别忘了,人生不过是一纸契约,等到租赁期满,上帝就要把它们收回去。这些东西原本就不属于我们,只是暂时寄放在我们这儿,作为生命的租金,最终要交还上天。唯一属于我们、不会被收走的,是在这场人生苦旅中,沿途所经历的人和事,所体验的思想和情感,这些心灵的财富是上天对我们的照拂。上帝赋予人类以灵魂,就是让它去寻找生命的金字塔,错过它,便是错过生命。别让自己身心两空,枉走了这一趟人生。

百年孤独

用了三天时间,把《梵高传》读完了,读到最后一章,梵高饮弹自杀、与他所热爱的世界决别,泪水情不自禁流了下来。好久不流泪了,又尝到了久违的泪水的味道,凉飕飕的,咸中带着苦涩,一如生活。

梵高的一生短暂,37 岁——只是普通人寿命的一半;贫穷,平生只卖出一幅画;孤独,大部分时间都是独自一人待在乡下,没有朋友,没有家人,陪伴他的,只有画布、颜料和画笔,他用这些构筑起一个属于自己的世界,那是一个与其说是用色彩,不如说是用心血绘成的世界,但是不为人所知,不被人理解——除了他的弟弟提奥,他因此贫穷而孤独着……

梵高的一生,用世俗的眼光看,简直糟糕透顶:分文不名,没有身份,没有地位,没有一个女人爱他——只有一个妓女,曾经给过他短暂的温暖,连他的父母也对他失望,认为他一事无成,如果不是提奥十年如一日地从物质和精神上支持他,他根本就无法生活下去,恐怕连 37 岁都坚持不到。

有人说,提奥就是为梵高而生的。梵高生前,他是他最忠实的支持者和资助人,梵高死后,他沉浸在巨大的悲痛中,无法自拔。6 个月后,也紧随其兄而去。

他们的墓碑紧挨在一起,在另一个世界,他仍然是他幸运的守护神。

我不禁有些质疑,梵高遇到提奥,到底是幸运呢,抑或是不幸?

假如没有提奥,梵高或许会找个工作谋生,娶妻生子,过着世俗意义的生活,像我们大多数人一样。那样的话,他可能就不会走上艰难的创作之路,成为艺术的奴仆。

但是生活没有假如,上帝让梵高遇到提奥,并成为他的资助人,他因此可以安心绘画,但也因此遭人嘲笑。因为在常人看来,男人应该工作,赚钱,养家,而绘画不能算是工作,因为不能赚钱。

的确,梵高生前只出售过一幅画,价格低廉,根本不足以养家,连自己都养活不了。他绘画和生活的费用都是提奥提供,仅此一点,就足以令世人不齿,因为一个成年人是不应该让人供养的!

不只是别人,就连梵高自己,也心有不安。他在写给提奥那些闪烁着思想光辉的信中,总是不吝笔墨,一遍又一遍地向他陈述,用了几个法郎买颜料,几个法郎买土豆,自己最近又画了些什么,技艺有所进步。这实在不符合他的性格。之所以这样,无非是向提奥表明,他没有乱花钱,每个法郎都用在刀刃上,物有所值。

作为一个成年人,伸手向别人要钱,那种滋味肯定不好受。

梵高每天早出晚归,疯狂作画,以至于当地人都把他当成疯子。他把所有的画都寄给提奥,他相信,迟早有一天,这些凝结着自己心血的作品,会卖到成千上万的法郎,回报提奥多年在自己身上的投资。

身为画商的提奥,极力推销哥哥的画,可是它们太超前了,超出了人们的想象力,所以长时间无法被接受。提奥把画按日期顺序编上号码,完好地保存着。他深信,迟早有一天,这些开创一代先河的艺术杰作,会被世人承认并接受。

兄弟俩谁也没想到,这一天,会等得那么久。

1890年7月27日,巴黎附近小镇奥维尔,37岁的梵高站在曾无数次画过的金黄色麦田,望着光芒万丈的太阳,他太累了,艺术抽干了他的精髓,他不愿再侍奉这一身皮囊。他掏出枪,对着自己的腹部,勾动扳机……

1990年5月15日,纽约克里斯蒂拍卖行,梵高的名画《伽塞医生》以8250万美元的天价被一位日本商人买走,创下有史以来绘画的最高拍卖纪录。此时距梵高自杀身亡,之间整整隔了一百年。

梵高生前孤独,死后许多年亦默默无闻,一百年后的今天,他作为后印象派艺术大师的身份,举世公认。

伟大,是孤独铸造的。

而提奥呢,他应该是有史以来最伟大的风险投资家,只不过这项投资,他自己无法享受到了,他把他献给了世界——他曾经生活并热爱的这个世界。

你必有一样是出色的

人生无戏

《百家文学之旅》第一辑出版了4位作家——莎士比亚、乔伊斯、王尔德和海明威的传记。我买来一套。按照老习惯,最先读的是文学巨匠莎士比亚,其次是乔伊斯,而后是海明威和王尔德。出乎意料,读后给我的感受刚好和这一顺序相反。

我怎么也没想到,莎士比亚——这位西方文学史上最具创造力的作家,创作出《哈姆雷特》《罗密欧与朱丽叶》等不朽经典之作,其生平阅历竟如此简单。既没有生死相许的醉人初恋,也没有一波三折的婚外情人,甚至连一个可作谈资的旅途艳遇也没有。除了妻子比他大8岁和心爱的儿子幼年早逝外,他的人生实在是没什么与众不同的,可以说是平淡无奇。

相比之下,另三位作家的人生却异常丰富多彩。每个人的履历都是一长串清单。

先来看乔伊斯。这位经常穿着二手货、兜里揣着借来的钱去寻欢作乐的公子哥,一生备受病痛折磨。首先是他的眼疾,先是虹膜炎,后又得了严重的结膜炎,并伴以青光眼,先后动了11次手术,和他父亲生前举债次数相同。还有他那高度紧张而敏感的神经不时发作,令他动辄昏厥。虽然他最终以过人的意志战胜了自己的神经,但这一症状不幸遗传给他的爱女,使她一生中的大部分时光在精神病院度过。

再来看看海明威。这位曾经几度亲历战场、喜欢被大兵们称作"老爹"、以描写战争为己任的诺贝尔文学奖获得者,一生可谓出生入死,历经磨难,虽最终都化险为夷,但身上却留下一百多个弹片。在情感方面虽不及弹片多,但前后4次婚姻每每成为报纸的主打新闻。还不包括和由他小说改编的影片女主人公之间的"第四情感"。他喜欢收她们为"干女儿"。如此似乎还嫌不够。这位生性喜欢冒险的男人,在一个静静的黎明,用猎枪对准自己的喉咙,勾动扳机,让自己的人生更像戏剧,在高潮中结束。

三人中,最具戏剧性的还属王尔德。这位自称用天才生活、用才华写作的牛津才子,在接连写出《理想丈夫》《不可儿戏》等名作、刚刚登上事业之巅峰,悲剧便接踵而至。他的同性恋男友和父亲昆斯伯瑞侯爵不睦如仇,侯爵自然迁怒于儿子的好友,一直想当众羞辱这位当红作家。就在《不可儿戏》上演后不久,侯爵在王尔德的俱乐部留下一张写有污辱字句的卡片。愤怒的王尔德不顾好友劝告,对侯爵提出控诉。审判的结果,侯爵无罪开释,反证王尔德却有同性恋行为,因而被捕,被判入狱服刑两年,法院同时宣布他破产,财物被拍卖一空。一代唯美大师就这样成了悲剧的主角,命运在一夜间骤变,比他所写的任何戏剧都更富有戏剧性。

所以你看,乔伊斯、海明威和王尔德,这三位作家的私生活都比莎士比亚精彩,但其文学成就却没一个能超过他。这样的结果似乎有些令人费解,但仔细想想,其由可观。

莎士比亚生活在男权社会的中世纪,女人都留在家里,即使是剧团也没有女演员。女人的角色要由男演员扮演。所以纵使莎士比亚生性风流,也无风流的对象。他一生过着遁规蹈矩的生活,除了写戏、演戏，业余生活就是和同时代的作家朋友聊聊天。他写的都是别人的故事，与自己的生活无关，但这并没妨碍他成为有史以来最伟大的作家。

本质上，文学是苦难的产物。从别人的苦难中学习经验去写作，是天才。而从自己的苦难中学习经验，最多只能算是人才罢了。

三毛和她的撒哈拉

记得有人说过,选书不如撞书。以前觉得很平常的一句话,现在仔细想想,话中透着禅意。的确,读书和遇人一样,也是讲究机缘的。在我成长的七十年代,书籍从数量到内容都不像现在这样丰富,除了课本,能找到的课外读物实在有限,所以只好"撞"到什么看什么。到了八十年代,情况好些了,不仅内地的书越出越多,港台的书也开始陆续引进。也因此,我有幸"撞"到《撒哈拉的故事》,有缘"邂逅"台湾作家三毛,那一年我刚好十七岁,正处在人生的十字路口。可以毫不夸张地说,三毛的这本书,就像竖立在路口的交通信号灯,改变了我人生的方向。

那时我刚升入高二,面临着高考的压力。也许是为了解压吧,在繁重的学业中放松一下紧绷的神经,有时会忙中偷闲找课外书来看。刚好一位暑假去北京探亲的同学带回两本书,一本是琼瑶的《窗外》,一本是三毛的《撒哈拉的故事》,据他说当时在北京青年学生中风行一时。所以可想而知,这两本书在我们同学中很抢手,都想先睹为快。我本来想看《窗外》,因为书名很诗意,并且是写爱情的,而撒哈拉这名字我都没听说过。但不巧的是,《窗外》被另一位同学捷足先登,我只抢来这本《撒哈拉的故事》。因为还有别的同学排队等,我答应第二天肯定还。

　　放学后回到家里,吃了母亲准备好的晚饭,便以做功课为名把自己关进房里,埋头看《撒哈拉的故事》。本想看会儿就做功课,不料却一头扎了进去,一直看到深夜,母亲几次来催我睡觉,我关了灯,躲在被子里打手电筒继续看。书中的故事实在是太动人了,让我欲罢不能!

　　三毛在西班牙留学时,一次在《美国国家地理》杂志上,看到一篇介绍撒哈拉沙漠的文章,立刻被吸引了,仿佛勾起前世的乡愁,她决定去沙漠生活一年。她的朋友都觉得不可思议,以为她在说疯话,因为荒凉单调、气候恶劣的沙漠并不适合生活,何况她一个单身女人?但是有一个男人,默默收拾好行李,去沙漠里的磷矿找了份工作,等着她去沙漠时照顾她。这个人就是荷西,一个比三毛小八岁、热爱大海和潜水的西班牙青年。三毛起初把他当成弟弟,当她知道,他愿意为自己去沙漠里受苦时,就决定今生与他浪迹天涯了!

　　撒哈拉并不是怡人的风景区,荷西也不是多金的富二代,他们的生活一点都不罗曼蒂克,相反,处处充满艰辛。撒哈拉远离文明,与世隔绝,贫瘠落后,气候多变——白天酷热,夜晚寒冷,物质贫乏,连日常生活的水也要供应。当地人没有洗澡的习惯,用布包裹的身体散发着浓浓的体臭。那里没有学校、医院,只有对神灵的迷信。大部分居民甚至不知道自己的年龄,更不要说文化知识……如此恶劣的环境,人不发疯才怪! 但是女神三毛却沉醉其中,被那广袤的自然、绚丽的风光深深吸引,怀着一颗充满童真的心,捕捉沙漠生活之美,挥洒妙笔,写就《撒哈拉的故事》。

　　书中12个故事,篇篇精彩,妙趣横生,充溢着浪漫、浓厚的异域情调,流淌着大漠独有的风俗风土风情。开篇《沙漠中的饭店》,便让我忍俊不禁。沙漠食物稀缺,三毛母亲从台湾寄来粉丝,荷西没见过,问,这是尼龙吗？三毛信口开河,答:是雨。荷西信以为真,以后便常嚷着要吃"雨"。

另一篇《悬壶济世》,则让我大开眼界。因沙漠中缺医少药,三毛不忍邻居为病痛折磨,好心地送些红药水、感冒药之类的常用药。日子久了,邻居们便都来找她看病,甚至连生孩子这样的大事也来找她,理由很荒谬,因为医生都是男的。幸亏那天荷西在家拦阻,劝说产妇老公把她送到医院,才没有酿成大错。自此荷西禁止三毛"行医",三毛答应,可邻居们不答应,依然来找这位江湖医生。一次,邻居的牙被磕了,三毛异想天开,竟然用指甲油补牙,而且奇迹般地给补好了!

最让我感动的是《结婚记》和《白手起家》。你能想象吗？荷西送给三毛的结婚礼物,是他徒步穿越沙漠找到的骆驼头骨,三毛喜欢得不得了,宝贝似的捧在手里,好像捧着钻石。结婚当日,三毛穿了件旧长裙,戴了一顶帽子,没有鲜花,就去厨房抓了几棵香菜,随手插在帽檐上。结婚后他们住在一间租来的空房子,不习惯像当地人那样睡在地上,又买不起家具,就自己动手。木料是人家丢掉不用,原本用来包装运输棺材的。可他们并不介意,反兴味盎然,他们因此有了床、书桌,还有沙发——那是从垃圾场捡来的废轮胎改造的,还散发着淡淡的胶皮味,但是坐在上面,感觉像君王……

现在你明白了吧,我为什么会躲在被子里打着手电筒读这本书,几乎是一口气读完的,彼时天已大亮,我却睡意全无,内心涌起一阵冲动,想去撒哈拉沙漠的冲动。虽然没有路费,不知如何成行,但我的心早已飞向那遥远的撒哈拉,陶醉在那诱人的无与伦比的沙漠风光中！

母亲催我起床的声音,打断了我的思绪,把我带回现实。可是我不想起床,不想去学校,因为我不想这么快还书,还想再读一遍。我决定装病逃学。因为之前我一直是听话的乖孩子,就是感冒生病也不缺课,所以我一开口,父母便信以为真,为我写请假条,让住在附近的同学捎给老师。

这是我平生第一次逃学。我拥有了一整天的时间,得以仔细重读《撒哈拉的故事》,一边读一边思考自己的未来。在此之前我从未认真思考过。《撒哈拉的故事》就像一扇窗,让我看到外面的世界,一个更精彩的世界。我想去外面的世界看看,为此不惜离开家乡。当时只有两种方式可以离开:男孩子可以当兵,女孩子只能考大学。

第二天,我"病"愈去上学,把《撒哈拉的故事》还给同学。同学并未责怪我迟还一天,还好心地问我要不要《窗外》?我当即回绝了。我要把全部时间和精力用在学习上,分秒必争,不能分心。我比以前加倍用功。以前用功是为了取得好成绩,博得父母的夸赞、老师的表扬和同学的羡慕,而现在用功只有一个目的——考大学!我不知道,如果当初读的是琼瑶的《窗外》,我的人生会不会是另外一种。但人生没有如果,所以这个问题无解。

在我走出考场,等待大学录取通知书的日子里,我把能找到的三毛的书都读了,对这个万水千山走遍、数尽梦里花落的女人,亦有了更深的了解。其实我和三毛性格、经历十分不同,三毛自幼喜欢琴棋书画、诗词歌赋,而对数理化却不开窍,又不幸遇到专横严厉的数学老师,竟然用脸上泼墨、当众罚站的方式来惩罚她!三毛因此得了自闭症,一度厌学并想自杀。幸亏她的父母博学开明,让她休学在家,采取自学、家长教育、聘请家教的"混搭"教育模式,她的文学天赋得以充分发展,也养成自由不羁、特立独行的处世方式,所以才会因为一本地理杂志,而生出去沙漠的想法,去追随前世的乡愁,解开心灵的密码……

而我刚好相反,琴棋书画样样不通,数理化学得呱呱叫,尤其数学成绩优异,还当过课代表,深得老师喜爱。我们之间是如此不同,却因《撒哈拉的故事》而相遇。我很庆幸,在十七岁的年纪相遇,可谓棋逢正时,不早也不晚。如果再早一点,说不定会像她一样叛逆:弃学去远方流浪,命运可能动荡不安;如果再晚一点,她的影响便不会这样深:开启我心中的一亩田,为我种下一个文学梦!

当我怀揣大学录取通知书,背着行囊踏上离别的站台,心中的滋味难以言表。一年前,我和父母在这里为哥哥送行;而今天,将要远行的是我。母亲不舍地望着我,眼里闪着泪光,语气有些伤感:"好不容易把你们养大,一个个都走了。"

父亲倒很乐观,劝慰母亲说:"四年的时间很快,等她毕业就回来了。现在大学生这么珍贵,很多单位排队等着用人。市政府每年都去大学招人,到时候就把她招回来了。一个女孩子不要在外面闯,还是回家乡工作比较放心!"

我望着父母,望着他们身后的家乡,不知说什么好。他们此时还不知道,有一位叫三毛的作家,写了一本《撒哈拉的故事》,所以他们的女儿不会回来了!她要去远方流浪,要去看美丽的撒哈拉!虽然她从未见过它。但有什么关系呢,那是她梦里的故乡,艺术的殿堂……

你必有一样是出色的

大连,再不浪漫就老了

一位来大连旅游的朋友,游览完之后由衷地赞叹:大连太美了,满眼都是绿地,广场,欧式建筑随处可见,感觉好像到了国外。

这句感言,几乎成了一个范本。来大连旅游或出差的外地朋友,游完之后都会发同感。不仅国内朋友,国外的友人也如此。他们这样评价大连:一座充满浪漫情调,具有欧式风格的花园城市。

欧式风格,已经成了大连的标志。而这一标志,是一百多年前的沙俄设计规划的。

一

1897年,三个对欧洲文化深信不疑的沙俄青年,怀揣着两位波兰人设计的城建图,来到辽东半岛最南端,想在这里建立一个以广场为中心、向四面八方辐射的港口城市,起名为"达里尼",意思是"遥远的城市",一个远离欧洲的"东方巴黎"。他们要把这建成远东地区最大的自由港,一座具有西洋古典风格的花园城市,以实现沙俄对外扩张、掠夺财富的野心和梦想。可惜好梦不长。七年后,日俄战争爆发,日本打败沙俄占领此地,随后开始了长达40年的殖民统治,并改名为"大连"。

虽然沙俄统治时间只有七年,却给大连植入了西方文化的基因,成为城市的永久标志。他们在兴建港口、码头和交通的同时,也进行了初期的城市建设。他们吸收欧洲文艺复兴时期的先进思想和理念,以英国伦敦和法国巴黎为范本,在一片荒芜的土地上,建起一座具有欧式风格的花园城市。在这里看不到传统的青砖绿瓦、飞檐斗拱的中国古典建筑,而代之以尖塔拱门、凝练简洁的哥特式建筑。城市布局也非老北京的棋盘式格局,而是以广场为中心、呈放射状的蛛网式道路。

1905年,日本侵略者占领大连,他们虽然在战场上打败了沙俄,但对沙俄的城市规划和设计理念,却十分认可,采用拿来主义,保留欧式风格,对早期的广场进行修建和完善,又增建银行、旅馆、医院、办公楼等建筑,采用对称和向心布局,使其与周围的广场、道路遥相呼应,形成与外部空间和谐统一、优雅美观的欧式风格。

日本侵略者对大连犯下了无数罪行:他们狠毒地对旅顺屠城,贪婪地掠夺资源财富,残忍地雇用廉价劳工……但客观上讲,他们对大连的城市建设亦有付出,继承并发展了原有的欧式风格,那些充满西方格调的哥特式、巴洛克式建筑几乎随处可见,如同到了伦敦,巴黎,而不是东京。这似乎有些不可思议,因为殖民者总是把自己国家的文化和生活方式带进来,而他们只把"日式风格"用在学校和民用生活区,在这里方能感受日本文化,樱花,榻榻米……

究其原因,可能是出于他们的实用主义吧。毕竟,继承和发展,比摧毁和重建一个城市,成本要低得多。他们要保存实力,以便完成对外侵略和扩张的野心。

但不管什么原因,欧式风格最终保留了下来,成为大连的城市标志。

你必有一样是出色的

二

1945年,大连从反法西斯战争中获胜,结束了47年殖民地的屈辱历史。

对于这段历史,大连人的感情是复杂的。一方面,他们痛恨殖民者,曾贪婪、残忍、无情地踩躏这座城市,践踏中国人的尊严。但另一方面,客观地说,殖民者也带来了西方文明和异国文化,使得大连人较内陆城市更早地接触了先进的科学技术、教育以及生活方式。如今,殖民者的背影已远去,但他们在漫长岁月留下的痕迹却不是一夜之间能抹掉的。

大连人直面历史,表现出应有的理智态度,采取了极为开明的做法,他们没有"砸碎一个旧世界,建立一个新世界",而是完好的保留了那些欧式建筑、广场和绿地,并在此基础上加以扩建、增建,让城市的"欧式味道"更足。在历届政府和市民的共同努力下,大连的欧式风格越加鲜明。

20世纪90年代,大连以其独特的发展姿态,在中国城市发展史上书写了绚丽的篇章。仅仅十年时间,大连便从一个以轻工业为主的中型城市,发展成让中国乃至世界瞩目的国际化大都市。

由于较早接触西方文化的缘故,大连人最先意识到城市环境美的重要。如同韩国明星们不惜重金为自己的脸蛋整容,从而引发"韩流"热;大连人也投入巨资为自己的城市整容,从而引发"绿流"热。如果用颜色来形容城市,大连是自然蓝、人工绿。蓝色的大海是上帝之手的杰作,而满城的绿地则是大连人绘制的作品。在经济高速发展的今天,城市中心地段可谓寸土寸金,但大连人却把黄金地段用来种植树木、草坪、兴建公园、广场。

大连的广场很多,大大小小有70多个,风格迥异,有的古朴,有的雅致,有的妩媚,有的雄浑……最耀眼的当属占地面积110万平方米的星海广场,这是大连人填海造地建成的,也是亚洲最大的城市广场。如此宏大的巨型广场,却并不给人以庄严、威风感,而是闲适、安逸、淡雅、凝练,这不正是古老欧洲的韵味吗!这才是真正的时尚,高贵的浪漫!

三

大连不仅城美,人也姿势。

姿势原本是指身姿架势,如姿势端正、姿势优美。而大连话"姿势",是形容一个人不仅容貌漂亮,而且气质不凡,用现在的流行话说:有范儿。比如街上走来一位气质美女,大连人就会说:"看人家长得真姿势。"

大连话极富特色,在我看来简直就是奇葩!你如果不在这生活十年八年,根本就搞不懂。有些是音译还好理解,比如大连人把衬衫叫"晚霞子",这个词来自俄语,解释一遍就明白。但有些就让你一头雾水,字的读音和意思截然不同。记得我当年刚来时,听大连人说,"你别让我坐蜡"。我琢磨半天没明白,难道是自制蜡烛吗?后来才知道,"坐蜡"是惹祸、受困窘的意思。

大连人常挂在嘴边的话还有,血(xiě)彪(很傻),干净(很棒,极好),章程(本事,能耐);上讲(讲究,有档次)。大连小伙泡妞时会这样说:"真姿势,你穿这件晚霞子血上讲!"你知道这时该怎么回答吗?"你多余了!"这是告诉他,没戏,让他一边玩去。

哈哈,大连话有意思吧,我这只是说个皮毛,其实还有血多,足可以写本书,也确实有人著书立说,作为大连非物质文化遗产保留。不过作为方言,大连话的妙处在于口头语言"说",而不是书面文字"写",所以不管大连的作家、学者们有多大本事,也无法妙笔生花,要想体会其中的奥妙,最佳方式是借助于"有声读物"。大连市语言文字工作委员会已着手做这方面工作,通过市民报名、专家选拔的方式,选出发音人代表,把他们说的地道的大连话,通过录音、录像等方式收集起来,建立大连话有声数据库。感兴趣的读者,可以去百度搜大连话版《再别康桥》、大连话版《双截棍》听听,保你笑得喷饭!

不过在这我说句得罪同乡的话:其实我一直不觉得大连话好听。大连话有几个特点,一是"土",这源于早年居民多是从山东闯关东来大连,他们的山东话与大连本地语相融合,形成带有胶辽口音的"海蛎子"味。二是"逗",这可能是受建市元老沙俄的殖民文化影响,风趣幽默,自娱自乐。三是"狠",这是由于地处东北、后期移民多为彪悍的东北人,受其影响而致。比如大连人生气、愤怒时不说"我打你",而是说成"我砸你",话语掷地有声,透着一股狠劲。

和所有方言一样,大连话有其深厚的历史渊源,可谓"一口大连话,半部移民史"。但无论什么原因,具有鲜明"海蛎子"味的大连话,与这座时尚、浪漫的国际化都市很不相配。当然,这话我也只是现在离开大连来北京才敢说。大连人自豪感超强,容不得别人说不好,他们就觉得大连哪哪都好,大连话是世界上最优美的语言,连上"非诚勿扰"相亲都要说。我要是当着他们的面说半句不好,他们会不客气地给我一句:"我砸你!"

四

大连以其时尚优美的城市环境、古典优雅的欧式建筑闻名,被定义为浪漫之都。但是在我看来,大连人并不浪漫。英国作家王尔德说,浪漫的精髓就在于它充满种种可能。而在大连人眼里,最适宜的生活方式只有一种可能——生活在大连。

大连人恋乡情结重,不愿去外地打拼。我的好友阿毅就是,她在大连出生、长大,不像我是后移民来的,她大学毕业时分到外地工作,走时很不情愿,发誓一定要回来。果然几年后举家调回大连工作,从此固守乡土再也舍不得离开。

我也喜欢大连,毕竟这是我的第二故乡,但我的喜欢是分析型的,带着几分挑剔的眼光。不像阿毅是痴情型的,连缺点都爱。我曾和几位外地来连的朋友交流,分析总结大连人的特点。

一是胆小,恋家。当然这是相对的,当年能从山东闯到大连,自然有一定胆量。话说当年闯关东大军来到大连,兵分两路:胆小的感觉大连挺好,留下不走了;胆大的继续北上,一路闯到沈阳、长春、哈尔滨。这是早期第一拨移民。80年代改革开放,中国迎来新的移民潮,来大连闯荡的以东北人居多,胆子比较小的,闯到大连就留下不走了。胆子大的,直奔北、上、广,甚至走出国门去欧美日了!

大连人另一特点是听话,顺从。这是近半个世纪殖民生活留下的性格基因。还有就是自大,自豪。这源于大连一百多年前建市之初就引进西方科技文化,80年代改革开放又率先进行城市建设,从而一跃成为国际化都市。生活在这样的城市,自豪感油然而生。

当然,这些特点不一定是缺点,因为从另一个方面,也可以说大连人安逸、从容、自信。这也不难理解,大连这么好,谁还出去闯啊!相反,倒是外地来连落户的越来越多。但热情好客的大连人并不排外,而是以包容的姿态,与之和谐共处,分享同一片蓝天绿地、花园广场。

如此看来,大连人的生活质感倒很接近欧洲,安逸、享乐、恬静、从容,但古老的欧洲是经过漫长的发展、穿过岁月之河才走到今天;

而大连建市才一百多年,百岁对一个人来说是长寿,但对一个城市来说,实在是太年轻了!年轻,意味着种种可能,意味着浪漫和梦想!而今日的大连,安逸有余,浪漫不足。虽然年轻一代已经不像父辈们那样眷恋故乡,愿意背起行囊去异国他乡。但相比闯关东的祖辈们,还远远不够!相比年轻时的欧洲,还远远不够。

大连,再不浪漫就老了!

图书在版编目（CIP）数据

你必有一样是出色的 / 林夕著. --北京：人民日报出版社，2017.9
ISBN 978-7-5115-4885-6

Ⅰ．①你… Ⅱ．①林… Ⅲ．①散文集－中国－当代
Ⅳ．①I267

中国版本图书馆 CIP 数据核字（2017）第204033号

书　　　名：	你必有一样是出色的
作　　　者：	林　夕
出 版 人：	董　伟
责任编辑：	陈　红
装帧设计：	刘　晓
出版发行：	人民日报出版社
社　　　址：	北京金台西路2号
邮政编码：	100733
发行热线：	（010）65369509　65369527　65369846　65363528
邮购热线：	（010）65369530　65363527
编辑热线：	（010）65369844
网　　　址：	www.peopledailypress.com
经　　　销：	新华书店
印　　　刷：	三河市恒升印装有限公司
开　　　本：	710 mm×1000 mm　1/16
字　　　数：	203 千
印　　　张：	17
印　　　次：	2017 年 11 月第 1 版　2017 年 11 月第 1 次印刷
书　　　号：	ISBN 978-7-5115-4885-6
定　　　价：	28.00 元

书目表
SHU MU BIAO

书名	定价	书名	定价
童年	18.00 元	冯骥才精选集	28.00 元
名人传	20.00 元	张贤亮精选集	28.00 元
鲁滨孙漂流记	20.00 元	汪曾祺精选集	28.00 元
汤姆·索亚历险记	18.00 元	高晓声精选集	28.00 元
汤姆叔叔的小屋	16.00 元	沈从文精选集	25.00 元
假如给我三天光明	23.00 元	林海音精选集	25.00 元
泰戈尔诗集	20.00 元	林徽音精选集	18.00 元
老人与海	16.00 元	鲁迅精选集	21.00 元
金银岛	16.00 元	老舍精选集	20.00 元
瓦尔登湖	20.00 元	萧红精选集	21.00 元
在人间 我的大学	30.00 元	徐志摩精选集	21.00 元
战争与和平(上下)	70.00 元	朱自清精选集	21.00 元
母亲	24.00 元	艾青诗集	28.00 元
基督山伯爵(上下)	65.00 元	海子诗集	28.00 元
红与黑	28.00 元	迟子建精选集	28.00 元
堂吉诃德	40.00 元	毕淑敏精选集	29.00 元
三个火枪手	37.00 元	林夕精选集	28.00 元
简·爱	30.00 元	刘心武精选集	28.00 元
飘(上下)	58.00 元	贾平凹精选集	28.00 元
海底两万里	23.00 元	白洋淀纪事	29.00 元
古希腊神话与传说	31.00 元	唐诗三百首	25.00 元
钢铁是怎样炼成的	25.00 元	宋词三百首	31.00 元
复活	28.00 元	寂静的春天	20.00 元
呼啸山庄	20.00 元	我是猫	26.00 元
福尔摩斯探案集	37.00 元	给青年的十二封信	15.00 元
大卫·科波菲尔(上下)	52.00 元	谈美书简	18.00 元
巴黎圣母院	29.00 元	奇迹总会有	30.00 元
悲惨世界(上下)	65.00 元	三千里地九霄云	30.00 元
傲慢与偏见	20.00 元	顾城诗集	28.00 元
莎士比亚戏剧集	20.00 元	西游记(上下)	46.00 元
猎人笔记	22.00 元	水浒传(上下)	56.00 元
昆虫记	18.00 元	三国演义(上下)	40.00 元
镜花缘	31.00 元	红楼梦(上下)	56.00 元
四世同堂	59.00 元